HAYMON taschenbuch **135**

Auflage:
4 3 2 1
2016 2015 2014 2013

HAYMON tb 135

Ungekürzte Taschenbuchausgabe
Haymon Taschenbuch, Innsbruck-Wien 2013
www.haymonverlag.at

ISBN 978-3-85218-935-2

Umschlag- und Buchgestaltung, Satz:
hœretzeder grafische gestaltung, Scheffau/Tirol
Coverfoto: www.shutterstock.com/MarinaMariya
Autorenfoto: Mercedes Blaas

Gedruckt auf umweltfreundlichem,
chlor- und säurefrei gebleichtem Papier.

Alois Hotschnig

Aus
Eine Art Glück

Alois Hotschnig

Aus | Eine Art Glück

Aus

Ein Kopf hat noch nie einen
Acker gepflügt. Aber Hände.
Was wollte man da mit dem Kopf.

Auf dem Hof habe ich einmal als Ministrant den Vater vom Fürsten begraben, in die Gruft abgeseilt, in den Stein eingesargt wurde der, und dann kam da ein Gitter darauf, dieses Gitter ist unser Gatter gewesen, das zwischen den Bäumen die Welt zum Sperrgebiet machte.

Abgesperrt von den äußeren Wegen, in das tägliche Sterben vom Hof eingegattert haben wir deine Befehle befolgt, und wenn nicht befolgt, dann erlitten, die Tagesordnung ist eine Strafordnung gewesen, das Wohnhaus war das Gericht und der Stall das Gefängnis, das Feld ist das Lager gewesen.

Abgezäunt alles und so vor den Sensen der Nachbarn geschützt, unser Reich, sagtest du, meintest deines, dein Reich war der Hof, waren wir, deine Menschen darauf, deine Toten.

Dein Personal sind wir gewesen, nicht immer, nicht alle, erinnerst du dich. Nur die Mutter und ich sind es immer gewesen, das Arbeiten war für dich Spielen, wir haben gespielt.

Um sieben wurden die Regeln der Arbeit vom folgenden Tag ausgegeben, du hast eingeteilt, und wir haben die Regeln gelernt über Nacht, und am Morgen darauf, bei der Glocke, hast du die Weisung gegeben, der Mutter und mir, die Regeln der Spiele vom Tag aufzusagen, die Zeit einzuteilen, wann wir und wo wir und was wir dir wie an dem Tag zu verrichten und anzuschaffen und wegzuräumen hatten.

Dann läutet die Glocke, die Mutter verkriecht sich im Haus, und wir beide gehen den Stall ab, du holst dir die Milch aus den Kühen, ich kratze den

Mist aus den Rinnen, der Anfang vom Spiel war fast täglich derselbe, und dann der Appell für das Essen.

Ich durfte mich vor der Schule nicht waschen, sonst hieß es, ich würde mich für den Hof, für dich schämen. Ich habe mich geschämt.

In der Schule der Fortgang der Handlung, ich wurde empfangen, die anderen hielten die Hand an die Nase, jetzt kommt unser Stinker, der Kofler, die Hand an der Nase war ich, das war in der Schule mein Name, der Brandstätter hat mich getauft. Damals waren die Schweine vom Hof noch vor der Schule zu schneiden, ich musste sie halten und habe nichts zum Waschen gehabt, und so bin ich zur Schule, und dort dann, wenn Zeit war, es war fast nie Zeit, der Weg auf das Klo, ich habe dort ein Handtuch gehabt und versteckt, damit dich die anderen nicht riechen. Sie haben's gerochen.

Seitdem ist die Hand an der Nase der Kofler gewesen, und Artur, das sprach sich im Dorf mit einem verzogenen Mund. Ich war dein Geruch.

Nicht alle sind immer, ausschließlich, dein Personal gewesen. Außer der Mutter und mir.

Wenn ein Schatten auf einen anderen fällt, dann verstärkt das den Schatten. Du bist uns beiden dem Licht vorgestanden, und hast deinen Schatten geworfen, ich bin die Verstärkung deines Schattens gewesen, der Grabstein bin ich gewesen hinter der Reihe von dir.

Der Schatten der Mutter war kalt, und du hast diese Kälte verstärkt, ihr beide die Reihe vor mir, ich dahinter, am Friedhof, am Hof. Der Vater, die Mutter, der Sohn.

Der Großvater, der nur dein Ziehvater war, der war nie Personal, und war keine Figur, eine Zeit, und dann doch, dann ist auch dein Vater ein Spieler geworden und hat deine Regeln gelernt.

Für ihn bist du immer der Mitgebrachte, der in die Ehe Mitgenommene bist du für ihn auch geblieben, er hat dich ja nie adoptiert. Eine Sünde der Frau ist dieser Mensch, hat er im Gasthaus gesagt, neben dir hat er es einmal gesagt. Du hast dich erst nach seinem Tod wieder ins Wirtshaus gewagt, den Kopf eingezogen, wenn du vorbeifuhrst, ich habe es gesehen. Und wenn wir nicht fuhren, nur gingen, dann bist du viel schneller gegangen. Um das Haus einen Bogen gemacht.

Nach seinem Tod bist du der Sieger gewesen, der Überlebende siegt, und im Gasthaus gab man dir Recht. Du hast ja bezahlt.

Mich hat er gemocht und die Mutter verehrt und dich hat er dann mit der Zeit nicht erwähnt. Für ihn hast du kaum je existiert, und wenn, als die Sünde der Frau, die du gehasst hast dafür, dass sie dich austrug und dann zu ihm in das Haus, auf den Hof gebracht hat.

Du hast keinen Vater gehabt, du bist vorgefallen und eben als Kind einer Liebe passiert, da musste doch noch etwas kommen, und kam auch, ein Bruder, ein Gegner, der kam und war der wirkliche Sohn seines Vaters. Der Bruder ist dann mein Onkel geworden.

Ich bin nur der Sohn deines Körpers gewesen, wir hätten gemeinsame Gegner gehabt, verbunden hat uns das nicht.

Der Großvater hat mich gemocht und mich so unter dir am Leben erhalten, aus dem Bub kann was werden, hat er zur Mutter gesagt, tu ihn weg, in ein Heim, der muss fort von dem Hof, sonst stirbt er, schön langsam, wie du, hat er der Mutter gesagt.

Als ein Kind stirbt man schnell, sie hat abgewinkt, in ein Heim, und womit, und wohin.

Dein Stiefvater ist lange sehr stark gewesen, eine Persönlichkeit ist sein Körper gewesen, der ist aufrecht gegangen, auch in den Krieg ist er aufrecht gegangen. Der Onkel ist auf seinem Hof geblieben und du hast dich neben ihm auf deinem Hof eingepflanzt. Der Großvater ist dann nach Stalingrad gegangen und lang nicht gekommen und gar nicht mehr aufrecht gegangen danach. Und schrullig ist er geworden, eigenartig, für viele gespenstisch.

Er hatte so Phasen, da war er nicht da, schon da, aber eben woanders, und schwächer ist dann sein Körper geworden, dem er immer mehr Alkohol gab, und der hat ihn mit der Zeit ein Original werden lassen, er ist eins, ein Trinker ist er geworden, und den habt ihr, der Onkel und du, dann entmündigt.

Der Onkel hatte von da an das Sagen, ein Gegner war für dich weg, einer da, aber einer war weg.

Ins Gasthaus ist dein Stiefvater weiter gegangen, und wenn er dann heimkam, hat ihm die Mutter für einen Monat den Körper gerettet, bis der Postler die Rente auszahlte, ein Teil davon kam ihm ja zu, mit dem ist er leben gegangen und kam dann gestorben zurück.

Meist wurde er abgegeben bei uns, zwischen dem Neunten und Zwölften des Monats kam er dann an.

Warm hat er es nur noch im Sommer gehabt, denn im Winter wird eine Tenne nicht warm, und dort hat er, wenn er bei uns war, gelebt. Im Wohnhaus habt ihr über ihn das Gericht abgehalten, in der Tenne und über dem Schreien der Schweine hatte er seine Schuld abzufrieren, dort hat er gehaust.

Ein Bett, die paar Bücher, die Flaschen. Zigarren hat er geraucht. Das habt ihr euch gut ausgedacht, zwischen Rausch und Zigarren hat er entmündigt im Stadel gehaust, und dann hat der Stadel gebrannt, die Versicherung zahlte, ihr habt aufgebaut.

Der Großvater ist in der Zeit bei der Mutter gelegen, ich habe bei den beiden geschlafen, dann war ausgebaut, und ihr habt eurem Hof einen Namen gegeben, das weißt du doch noch, ich werde dich, wenn du munter bist, fragen, ob du es noch weißt.

Zwischen Wohnhaus und Stall ist die Linde gestanden. Die du dann umgehackt hast. *Zum Lindenhof* haben wir seither auf dem Schild vor dem Gatter geheißen.

Dann sind, wie im Dorf auch, die *Gäste* gekommen, die *Fremden* kamen zu uns, wir waren echt für sie und romantisch, für deinen Stiefvater war alles vorbei, und vom Zwölften des Monats an hat er mit mir die Kälte der Tenne geteilt.

Die letzten Monate hat er nur noch von seinem Gefängnis gesprochen und ganz Amlach erzählt, dass du aus seinem Hof ein Gefängnis gemacht hast, der Mitgebrachte ist mein Wärter geworden, hat er gesagt.

Wenn ihm im Gasthaus das Geld ausging und er herauf musste zu uns, erzählte er jedem, jetzt gehe er in seine Zelle. Er musste es wissen, er war ja in einer geboren, Zelle Sieben, Treibach Althofen, da ist sein Vater Gerichtsdiener gewesen, Zelle Sieben ist seinen Eltern neben Zimmer und Küche zur freien Verfügung gestanden. Als wir dann Telefon hatten, wurde er nicht mehr gebracht, wir mussten ihn holen, ich habe ihn geholt.

Wir sind Zellengenossen gewesen, er hat mir erzählt, wie du warst, und nur gesagt, was ich wusste, du bist ja derselbe geblieben, das heißt, du bist unter ihm groß und ein Wärter geworden.

Dann habe ich ihn wieder einmal heimzubringen gehabt und bin ihm entgegengegangen, das Nachhausegeführt- und -getragenwerden ist ihm ja immer peinlich gewesen, er hat mich auf seiner Wiese, sitzend gestorben, erwartet.

Wir haben ihn nicht mehr in die Zelle getragen, gleich in der Leichenhalle abgegeben und in Dellach den Arzt und den Pfarrer geholt.

Der Pfarrer hat uns den Tischler geschickt. Der kam mit dem Sarg, und dann hast du den Körper mit dem Arzt und dem Pfarrer in den Sarg hineingebrochen, den Deckel darüber, die Erde und Blumen.

Ein stilles Begräbnis, ich erinnere mich an den 4711-Geruch der Amlacher Frauen. Und ihre Augen, im Gasthaus dann hat man geschaut, du bist nicht lange geblieben, die Gäste daheim, und das Leben geht weiter.

Er hat ihn ja nie adoptiert, habe ich sie damals gehört.

Zu Hause dann wurde verteilt und gedankt und geweint. Ich habe mich ständig geschämt, auf dem Hof haben wir immer die Hemden der toten Verwandten getragen, die haben in uns weitergelebt. Wenn einer in der Verwandtschaft starb, kam ein Paket mit Bekleidung. Dann wurde verteilt.

1959, drei Tote, davon ein Verwandter, kein Selbstmord. Weihnachten '60, ein Oberdrauburger Selbstmord, verwandt, Tante Elli. Dann Ruhe bis '70, eine Frau, nicht verwandt, aber Amlach.

Ein Kopf hat noch nie einen Acker gepflügt. Aber Hände. Diese Hände haben in Amlach neben den Augen zum Zeigen gedient, das hat funktioniert, die Amlacher Hände haben Geräte zum Mähen verwendet und haben die Messer zum Schlachten gebracht, daneben haben sie aber immer zum Zeigen gedient.

Zum Besitz haben die Hände gehört, die sind Zäune gewesen, sind Messer gewesen. Erinnerst du dich an den Fischer, beim Frühschoppen damals, der von der Musik, er spielte Trompete und sah seine Frau mit dem Haslinger tanzen. Er hatte zu spielen. Dann später, daheim, der hat seiner Frau nach dem Ball mit der Hacke die Haare geschnitten und sie der Frau vom Haslinger geschickt.

Das waren die Hände, was wollte man da mit dem Kopf.

Man hatte die Hände, und Finger zum Zeigen. Besonders gerade waren die Finger nach einem Begräbnis in Dellach. Amlach hat keinen Friedhof, so kommen die Amlacher Toten nach Dellach, da sind die Finger besonders geradegestreckt, nach einem Begräbnis, im Gasthaus, und zielen den Schuldigen an, während die Dellacher Erde auf den Amlacher Toten zu fallen beginnt. Das ist die Zeit zu befinden, wer schuld war an dem Tod, und es wird einen geben, es hat noch immer einen gegeben, auf den die Amlacher Finger so lange hinzeigen im Dorf, bis der schwach wird und einknickt und schuld daran hat und dann drankommt. Immer schon hat man es gewusst, und das konnte nicht gut gehen, das rächt sich, es kommt alles auf einen zurück, heißt es dann.

Nichts kommt auf einen zurück, alles geht, du hattest ja Recht, hier ist nur die Stärke geblieben, aber ein Leben lang Starksein bringt dir doch auch nur den Tod.

Und jetzt liegst du hier in deiner Schwäche, im Bett, das noch deins ist, in dem Bett von der Mutter.

Wenn Du wach bist, ich komme dich holen, du wirst darauf bestehen, das Bett mitzunehmen, dein Haus wirst du mitnehmen wollen, mein Vater, dein Reich ist zugrunde gegangen, mit Amlach hast du nicht mithalten können, du hast deine Schwäche in diese Laken versteckt, die Laken kannst du behalten, aber sterben wirst du bei mir.

Der Großvater hatte dich nie adoptiert, jetzt warst du ihn los, deine Mutter schon lange, jetzt war auch der Ziehvater still.

Nach seinem Tod hast du oft von der Mutter gesprochen, aber bei allem hast du immer nur von dir selber geredet. Deine Entstehung ist dir jetzt wichtig geworden, du hast deinen richtigen Vater gesucht.

1917 bist du gekommen, die Mutter ist Kellnerin in Dellach gewesen. Die Garnison deines Vaters machte '16 in Dellach Quartier, und wenn wir vorbeifuhren am Haus, sagtest du mir, hier haben die mich gemacht, sagst du dann, und bist nicht bei dir, wenn du das sagst, und beschreibst dann die Gänge vom Haus und die Zimmer, du hast dich ja eingenistet in jedem von ihnen.

Jedes Jahr in drei Zimmer, erzählst du mir dann. Nach den fünf Jahren bist du in jedem der Zimmer gelegen, in einem der Betten bist du ihr in den Körper geronnen, aus dem Soldatenfleisch hat der dich dort in einem der Betten ins Fleisch deiner Mutter gesargt.

Daher wohl der Hass auf den Körper der Mutter danach. Fünf Jahre in diesen Dellacher Betten gelegen und in ihnen den Körper der Mutter gehasst, in den Betten die Lust von dem Körper der Mutter zu spüren versucht, den Geruch eingeatmet und in die Betten des Hauses in Dellach die Angst eingeschwitzt.

Wie dich in dem Haus die Angestellten gegrüßt haben müssen, die wohl gewusst haben, dass etwas nicht stimmte mit dir. Jedes Jahr die drei

Zimmer, auf Urlaub, und wohnt im Nachbardorf vier Kilometer von diesen Betten, für die er hier zahlt.

Und jetzt liegst du hier im Bett, nach dem Tod meiner Mutter hast du es zu deiner Stätte gemacht.

Wie hast du in diesem Bett nur je einschlafen können, frage ich dich, in dem Bett ist die Mutter verendet, bevor sie das letzte Mal aufstand, um zu dem Strick in der Tenne zu gehen.

Dein Bruder war nie Personal, der war dir gewachsen, ein gestandener Gegner und eben der eingeborene Sohn seines Vaters. Und das hast du gespürt als das Kind und besonders im Winter, wenn du von draußen durchs Fenster in die Küche zu ihnen hineingeschaut hast, du hast nicht im Wohnhaus gewohnt. In der Tenne, der Bruder im Haus.

Du hast auch im Winter über den Schweinen gelebt, dein Bruder ist warm aufgewachsen, der war unter dem Rock seiner Mutter daheim, sagtest du. Aus so einem wird nichts, hast du uns wieder und wieder erzählt, und nicht gemerkt, dass ich dich doch nicht gehört habe, denn du bist mit der Zeit in die Wärme gekommen, ich bin unter dir in die Kälte gegangen, dich habe ich nur durch das Fenster gesehen. Für mich bist du der Schweiß auf der Innenseite der Fenster gewesen.

Wenn du dich beim Ritual deiner Schläge in mir ausgeschwitzt hast, bin ich mir unter den Schlägen meine eigene Wärme gewesen.

Aus deinem Bruder ist nichts geworden, hast du später gesagt, aus dem konnte nichts werden, hast du gemeint, ich habe es nicht geglaubt und Recht behalten damit.

Und doch hast du Recht gehabt, eine Zeit. Nach seinem Unfall hast du die Führung gemacht. Erinnerst du dich, Intensivstation Lienz, wie er uns mit der linken Hand die Hände gedrückt hat. Den anderen Arm haben sie schon auf die Anatomie nach Innsbruck zum Sezieren geschickt, sagte er.

Zu Hause dann hat uns der Kapellmeister von der Musik den Besuch abgestattet und beim Gehen um die Trommel vom Onkel gefragt. Dein Bruder hat bis dahin bei der Musik die große Trommel geschlagen. An der Trommel hat er einige Jahre mein Wachstum gemessen.

Einmal, bevor er den Strich auf das Fell gemacht hat, hat er die Trommel nach unten gedreht und erschrocken getan: Artur, schau her, du wächst in die Erde, heuer bist du nach unten gewachsen. Und gelacht und die Trommel geschlagen. Von da an hat er mich nicht mehr gemessen, habe ich nicht mehr auf seine Trommel gepasst.

Seine Hand ist in Innsbruck gewesen, der Traktor, mit dem er den Unfall gehabt hat, war auch weg. Seine Hand sind wir los und den Traktor sind wir jetzt auch los, hast du gesagt, nur die Schulden sind wir nicht los.

Der Mitgebrachte hat die zwei Hände behalten. Die haben den Hof übernommen. Und uns.

Der beidhändige Bruder ist dein Gegner gewesen. Mein einhändiger Onkel ist dann später dein Vormund geworden. Dein Pfleger ist er geworden, und hat doch den längeren Atem gehabt. Das hat nur die Wärme vom Rock deiner Mutter gemacht, sage ich dir. Er hat durchgehalten, du nicht. Du hast ihn mit deinen Schikanen vom Hof zu räumen versucht, er hat dich dafür die Jahre danach noch gepflegt, ich glaube, er hat es genossen.

Die Berichte, die er mir schrieb und in denen er mir deinen Zerfall bis unter die Lupe beschrieb, jede Einzelheit deiner Verwesung hat er berichtet.

Wir beide, mein Onkel, dein Bruder, und ich, haben dich sterben gesehen. Deine Kräfte sind Kraftlosigkeiten geworden, hat er geschrieben. Durch die Briefe vom Onkel habe ich die Jahre, in denen ich weg war vom Hof, mit dir gelebt, jeden Tag habe ich dein vom Onkel beschriebenes Sterben erlebt. Mir ist nichts entgangen, mein Vater, ich habe dich in mir archiviert.

Der Onkel war auf sich selbst hin gedrillt, auf das Sichselbergenugsein dressiert, eine Frau hat es für Paul nie gegeben, da sind sich dein Stiefvater und deine Mutter einig gewesen, eine Frau zieht ihn fort. Die haben gewusst, dass es freiwillig kein Mensch von draußen hier aushalten würde, deshalb ist auch keine durchs Gatter hereingekommen zu uns, und deshalb auch das Trommeln vom Paul.

Einmal in der Woche war Probe, da durfte er raus die paar Stunden. Nach der Probe ins Gasthaus, aber dort hat schon sein wirklicher Vater aufs Heimgebrachtwerden gewartet.

Nein, Frau gab es keine für ihn, und so hat er scheinbar sich selber genügt und sich mit den zwei Händen in die Arbeit gestürzt und den Hof ausgebaut. Gemeinsam habt ihr vergrößert.

Eine Zeit haben wir dann trotzdem im Sommer eine Hilfe bei uns auf dem Hof gehabt. Die ist aus Fleisch und aus Dellach gewesen. Maria.

Aus der Maria sind dann durch den Onkel die Maria und die Christine geworden. Du hast triumphiert. Das also war nun dein Bruder, und so also ist deinem Vater sein wirklicher Sohn zur Kenntnis gekommen. Der Skandal im Dorf. Die Maria und die Christine waren dann fort von dem Hof und tabu.

Nicht für dich. Die Geschichte habe ich von dir.

Das Töten am Hof war Routine. Bis zum Unfall hat der Onkel zwei schneidige Hände gehabt. Ihr habt euch den Tod aufgeteilt, du die Schweine, der Onkel die Kühe, deine Mutter ist mit den Hühnern zum Hackstock gegangen.

Meine Mutter hat unter den Hälsen der Tiere mit einer Schüssel das Blut aufgefangen und ist euer Blutfang gewesen. Unter den Hälsen der Tiere hat ihre Schüssel gewartet, dein Blut ist gekommen, wen hast du geschlachtet, mein Vater.

Da kommt einem richtig das Blut, hast du mir mit den Augen, hat mir das Messer gesagt. Der Hof war dann rot, hat geblüht, und die glühenden Wangen der Opfer.

Das Ritual beim Stechen, der Onkel hat dir die Tiere gehalten, das Messer hat dann die Hände gewechselt, linke Hand, rechte, du hast dich gekratzt mit dem Messer, dieselbe Bewegung, die Klinge ist dir vor dem Stechen den Hals entlang von oben herunter durch den Kragen unter den Stoff deines Hemdes gelaufen und hat dort gekratzt, aufgeschabt hast du dich. So hast du die Schneide geprüft, und geschabt, nicht geschnitten. Dann ist dir der Mund in die Höhe gegangen und schärfer geworden, dein Mund ist dein Messer gewesen. Dann hast du gestochen. Das Röcheln. Geschnitten. Du hast in die Schüssel der Mutter geblutet, ihre Hände dann rot, und die hatten zu rühren, sie hat dir beim Stechen das Blut umgerührt, wenn es kam, und es durfte nicht stocken, sie hat geknetet, ich hatte zu helfen, wir haben das Blut umgerührt, das du dir aus den Tieren geholt hast.

Du hast uns mit deinem Messer zu Mördern gemacht, wir haben gerührt, machten mit, du hast uns gestochen, mein Vater, mein Schneider, erinnerst du dich, ich werde dich mit meinen Fragen an die schneidigen Zeiten erinnern.

Ich habe mich gewehrt beim Kastrieren der Schweine. Erinnerst du dich, der Onkel und du, ich hatte zu schauen. Jetzt wird er es lernen, hast du zum Onkel gesagt und gelacht, mich gehalten, das Messer vom Paul ist dann größer geworden, ist näher gekommen.

Wie es geht, weißt du ja schon, du bist aufgeklärt. Und gegrinst. Ich halte das Schwein, und du schneidest, sagst du. Ich habe mich gewehrt, und dann raus aus dem Stall, es war Schnee, ihr beide mir nach und gelacht, dann geschrien. Befohlen. Jetzt gehen wir dich schneiden. Der Schnee. Komm schon her. Und das Messer, der Onkel mir nach und: Jetzt wirst du geschnitten. Mir nach, bis zum Gatter, dann über mir, und die Hand von dem Onkel bei mir in der Hose, die hat was gefunden, ich habe geschrien, dann geschnitten. Du hast mir die Körper der Tiere gehalten, der Onkel hat mir das Messer geführt, ich habe mitgemacht und geschnitten, die Schweine haben geschrien.

Die Wärme, der Dampf von den aufgeschnittenen Tieren im Winter am Hof in der Kälte. Die Wärme vom Bett auf dem Hof, in der Stube, in dem du jetzt liegst.

Im Bett kommt der Winter, das Leintuch, du weißt, kommt der Schnee.

Im Winter hast du am liebsten geschlachtet, da blühen die Tiere im Schnee. Der ist kalt und bleibt lange. Im Bett, und hier und dort apert beim Vater das Blut durch, hat mir der Onkel gesagt. Wenn er hustet.

Du winterst dich ein in den Schnee von dem Laken, unter die Kälte vom Hof. Dein Kopf ist schon unter den Hügel vom Polster gekrochen, hier ziehst du dich jetzt unter die Erde vom Polster zurück.

Wie lang, meinst du, wirst du dich halten, mein Vater, Oktober? September? Jetzt haben wir Juli.

Dein Rasen ist weiß, denn bei dir ist es Herbst und du winterst dich ein. Wie die Mutter, erinnerst du dich, die ist auch mit dem Kopf unter den Polster und dann unter den Schnee, in die Erde gegangen.

Die Rosen, im Winter haben die Tiere geblutet, im Sommer die Rosen, erinnerst du dich an die Rosen. Im Frühjahr haben wir sie im Wald aus der Erde gehackt. Rosen kann man im Frühjahr schneiden und im Herbst schneiden, hast du gesagt. Wenn man sie im Frühling ausgräbt, kann man im Mai schon veredeln.

Im Herbst hast du sie dann in die Erde gebogen, wie du die Frau, meine Mutter, in die Erde gebracht hast. Die ist eine Krümmung geworden, die du nicht mehr herausgeholt hast aus deiner Erde im Frühjahr, und ist in der Erde verwelkt. Du hast sie geschnitten, uns alle gestutzt, wir sind deine Rosen gewesen.

Die Mutter hast du damals im Frühjahr aus der modrigen Erde ihres Vaters geholt. Aus der Vormundschaftserde des Vaters hast du sie in deine Bevormundung eingepflanzt, aufgepfropft hast du sie. Du veredelst sie, hast du gemeint. Sie hat dir nur ein Mal geblüht, dann kam ich, war ich da, das war unfair, mich hättest du auslassen sollen, bei mir hättest du aufhören müssen, bei mir hört es auf, sage ich dir.

Du hast dich in meine Mutter versenkt, sie zum Bauchgrab gemacht, das dann einbrach, ich hatte zu schreien und schrie.

Du bist nicht gekommen, du hattest zu tun. Dich habe ich zum Unglück noch nötig gehabt, der hat mir das Maß vollgemacht, hast du geschrien, mit dir habe ich mir etwas zugezogen, eine Krankheit habe ich mir mit dir aus deiner Mutter geholt.

Mit mir hast du dir eine Krankheit gemacht, so viele Krankheiten hast du gehabt, dein Leben ist eine einzige Krankheit, ist unsere Kränkung gewesen. Dich hat man nicht abheilen können, du bist wiedergekommen, ein Ausschlag, die Schläge sind wiedergekommen, waren weg und sind wiedergekommen, die haben sich mir durch die Jahre geschlagen, die Infektion, die du warst, hat sich mir in den Schüben der Jahre von innen heraus durch die Haut durchgeblüht und ist sichtbar geworden, der Ausschlag, die Pusteln, das sind Ihre Nerven, Herr Kofler, haben die Ärzte gesagt. Mein Ausschlag, der Magen, die Angst, das warst du.

Wir sind deine Rosen gewesen. Die Mutter ist dir in deinem Garten verwelkt, du hast sie geschnitten, mit deiner eifersüchtigen Schere hast du alles heruntergeholt, was an ihr schön war. Auf den Fotos. Jeden Tag, wenn du kamst, kam der Herbst, sind wir abgefallen vor dir, mich hast du ins Bett hinein gebogen, in die Krankheit gegraben, die Mutter hast du in die Migräneerde geschaufelt.

Ich habe sie fotografiert, um irgendwann einmal den Beweis zu erbringen, dass du sie geschunden hast und gequält, ich habe sie fotografiert, geholfen hat ihr das nicht.

Und jetzt liegst du im Bett und liegst flach und bist schwach. Warum ist das wichtig für mich, und dass ich jetzt Kraft habe und stark genug bin, dich in dein Bett hinein, in dein Sterben hinein zu vergessen, woran liegt das, mein Vater, und dass ich jetzt neben dir meine Stärke sein muss, nicht der Sohn.

Ich habe auf dem Scheit deiner Stärke gekniet, und jetzt zwingst du mich neben dein Liegen und lähmst mich hier durch deine Lähmung.

Du hast dich von anderen ernährt, uns zu Mördern gemacht, du hast deine Opfer gebraucht und gehabt. Bis zuletzt. Und jetzt, wo du keine Nahrung mehr findest, kein Opfer, an dessen Gewissensbissen du satt werden kannst, legst du dich hin und krepierst hier im Bett in dich selbst hinein. Du frisst dich auf, sage ich dir, und meine Genugtuung darüber wird nicht vor dem Mitleid mit deiner liegenden Haltung in die Knie gehen, ich werde nicht mehr knien, mein Vater, ich sitze, ich stehe, ich kann gehen.

Ich komme dich holen, ich werde dich in deinen Sarg hineinpflegen und dich so aus deiner Welt herausheilen und abheilen lassen in mir.

Das ist nicht mehr möglich, aber doch, ich versuche es, versuche, dich zu pflegen, vielleicht habe ich Glück, ich habe Hoffnung, ich hole dich mir in die Anstalt, ins Heim, in das Bett, unter mich.

Ich werde dir helfen, du musst nochmal kommen, wach auf, gib doch nach, komm zu mir, in die aufrechte Haltung hinein.

Ich werde dich stützen, zu zweit wird es gehen, ich werde dich pflegen, mein Vater, du musst es erlauben, nur wollen, auf Zeit, ich werde mit dir sprechen. Du nickst, ich erzähl dir von uns, und wir lernen uns kennen, wach auf, wir können uns helfen und stark sein und schwach sein, was soll's. Wir sind wir, wenn wir es wollen, ich möchte dich nicht als Kadaver, ich will dich nicht kränken, ich will, dass du ja sagst, ich werde dich fragen.

Ich weiß schon, ich werde dich zwingen, dich kann man nicht zwingen, du bleibst Sieger, du machst da nicht mit, du hast nie mitgespielt, und bleibst liegen.

Dann pflege ich dich tot.

Und die Frau, immer wieder die Mutter, sie sagte, das Wasser in mir ist dein Vater. Der schmilzt. Du hast ihr das Wasser vergiftet im Bauch, du hast sie zu deinem Abfluss gemacht, sie war deine Welt, dieser einzige Mensch, der dich liebte, du hast sie geschlagen dafür.

Sie ist alt geworden für dich, und du bist ihre Krankheit gewesen, sie hat dich ertragen in sich.

Wie ein Geschwür hast du dich festgesetzt in dem Körper, und als der Tumor in ihrem Kopf hast du dich in sie hineinverwachsen, dich in ihr Denken verzweigt und ihrem Kopf mit deinen wuchernden Wurzeln das Wasser entzogen, dann haben die Wurzeln im Kopf zu nässen begonnen, die Migräne in ihr, die du warst.

Tabletten geschluckt, aufgedunsen dabei, bis zur Trägheit verwandelt.

Und beim Friseur, zu dem sie noch dreimal im Jahr durfte, du hast dort gewartet, dein Kopf war schon fertig, erinnerst du dich, schon ganz kahl, das fand man dort passend.

Ich war auch dabei, kam mit ihr ins Lokal und hatte den Kopf unter die Schere zu halten. Sie hat sich nicht hineingewagt zum Friseur, hatte Angst, dass man über sie lachte, über den Körper, der für dich abstarb, doch wusste das keiner, sie hatte Angst, dort gehänselt zu werden, den Kopf hinzuhalten, und fand, ein Kopf wie der ihre, der passt nicht in so ein Gerät wie das beim Friseur, so etwas passt nur für die in der Stadt.

Wir gingen nicht gern zum Friseur, sie erzählte mir Märchen, um uns von der Scham vor den Scheren abzulenken. Jedes Mal bei dem Gang zum Friseur ein Märchenbuch Märchen gehört, die Schere kam trotzdem, wir schämten uns im Lokal unter die Scheren hinein und haben uns für deine Sätze geniert.

Wie will er es denn haben, der Herr. Und dann kam deine Antwort. Ja wie wohl, wie der Vater der Sohn, du verstehst, sagtest du zum Friseur, und dann hatten wir beide die Glatze.

Dann heim und den Kopf unter Wasser. Da wachsen die Haare am schnellsten, hat mir der Nachbar auf einem Heimweg vom Friseur anvertraut. Ich ständig auf Tage hinaus unter Wasser, ins Zimmer gesperrt mit der Mutter, die sperrte dann zu und hat mir die Märchen erzählt.

Damals und bei dem Friseur, für sie dreimal im Jahr, deine Sprüche.

Du hättest keine Freude an ihr, an dem Körper, so schau doch mal hin, da kann's einem vergehen. Und ich habe mich geschämt, sie hat nur geschwiegen, wir haben uns unter den Scheren die Märchen geschwiegen.

Nach der Schere kam ich unter den Fön und sie mit dem Kopf ins Gerät. Ich habe in dem Spiegel die Lippen gesehen, die haben mir unter der Haube die Märchen erzählt. Ich habe sie gesehen, dich gehört, wie du lachtest. Ja kürzer doch, schöner wird's auch durch deine Hände nicht mehr, am besten ganz kurz, dann tut ihr der Kopf nicht mehr so weh, hast du dem Friseur in den Spiegel gesagt, das Kopfweh, das kommt von den Haaren. Die drücken.

Dann schick sie doch öfter vorbei, hat dir der Friseur gesagt. Etwas Kopfweh erinnert ans Leben, hast du gemeint, dann weiß man auch ohne das Hinschaun, dass sie noch einen hat, einen Kopf, sagtest du.

Du zogst dich dann in die Nische und hinter den Vorhang zurück, und ich habe dich dort schmeicheln gehört. Das hast du gekonnt, und der Frau vom Friseur war das Recht, und dann hat man die Gläser gehört, ich habe dich trinken gehört und das Lachen der Frau, die dann kam und mir sagte, ich hätte zu klopfen, wenn meine Mutter was gleichschauen würde.

Ich hatte zu warten, die Mutter hat nichts gehört, doch der Spiegel hat Augen gehabt und die haben die Punkte vom Vorhang gezählt. Ich habe ihre Lippen beim Zählen gesehen und mitgezählt, die zwei Stunden, die drei Mal im Jahr. Hundertdreiundachtzig Punkte hat dieser Vorhang gehabt. Dann habe ich geklopft. Die Mutter ist fertig, habe ich dir durch den Vorhang gesagt.

Ihr seid dann ganz glücklich gekommen, die Frau vom Friseur hat dich zum Kopf deiner Frau hingeführt. Ganz passabel, hast du gemeint, gar nicht schlecht. Und so kurz, das ist gut.

Eine Dauerwelle lang Schönheit, hat dir die Frau vom Friseur in dem Spiegel in die Augen gezwinkert. Jetzt hat der Herr Kofler wieder die Schönheit zur Frau, hat sie der Mutter gesagt, die nicht wusste, wie aufstehen, und half ihr in den aufrechten Stand, in die Haltung hinein.

Jetzt hat er auch wieder eine Freude mit ihnen, Frau Kofler.

Wir sind dann gegangen, du immer ins Gasthaus, den Kopf herzuzeigen, wir heim und ins Zimmer, ich unter das Wasser und in die Märchen der Mutter hinein, und beide für Tage hinter dem Schlüssel allein, der sich drehte.

Die Kinder vom Nachbarn haben es gesehen und mir seit damals die Haare zu schneiden versucht. Du hast ihnen den Treiber gemacht.

Und geschlagen, zu schneiden versucht, ich davon, jeden Tag, durch den Wald auf dem Weg in die Schule. Gelaufen. Versteckt. Jeden Tag eine andere Route, ein anderer Ort, wo sie mich fanden.

Einmal hat nach der Schule die Farbe gewartet, in der Pause hat man sie mir schon unter den Bänken gezeigt, schwarzer Lack, mit dem sie am Vortag daheim mit den Pinseln die Fenster begruben.

Es ist noch etwas übrig für dich, lachten sie, du hast keine Haare, so kurz wie die von dem Vater, du bist ja so traurig als Glatze, wir helfen den Haaren beim Wachsen, wir malen dir welche, komm her.

Im Wald bei der Lichtung, beim Bildstock, haben sie meinem Kopf schwarze Haare gemalt.

Auch unter den Achseln, dann wirkt er erwachsen, ganz groß. In der Schule, die Stunde davor, waren wir in der Kirche, der Einzug vom Jesus. Wir haben geprobt, die Prozession eingeübt. Beim Bildstock hat einer geschrien, der Artur ist jetzt unser Jesus, und malte mir mit den Fingern den Bart auf die Wangen. Die anderen haben gehalten, ich habe geschrien.

Das alles, weil du im Wirtshaus erzählt hast, ich wasche mich nach dem Friseur.

Jetzt habe ich Haare gehabt und bin ich ihr Jesus gewesen, sie haben gekreuzigt und mich auf den Bildstock gestellt, ich hatte die Hände zu spreizen und musste fragen, warum du mich verlassen hast, Vater. Wir wurden gesehen, und natürlich der Kofler dabei, ist ja klar, ohne den wäre ja so was nicht möglich. Wir mussten zum Pfarrer, der tobte und schrieb einen Brief an den Vater vom Kofler, den brachte ich dir, mit der Rute, und hatte ins Zimmer zu gehen. Du kamst nach.

Und geschlagen, was sonst. Und dann stand da der Bottich, erinnerst du dich, frischer Firnis, du hast mir den Kopf in den Firnis getaucht, weißt du noch, mir die Haare geschoren. Das einzige Mal, dass die Mutter allein zum Friseur ging, danach.

Mein Kopf blieb dann schwarz, doch sind mir die Haare durch den Schmerz vom Asphalt durchgestoßen, es hat lange gebraucht, bis der aufbrach, doch sind sie gewachsen und haben die Krusten vernäht.

Ein Pflegefall bin ich geworden, das hat mich gerettet vor dir, der Onkel hat dich getötet damit, dass ich wegkam vom Hof. Angezeigt hat er dich wegen mir, und mich hat er gerettet damit, ich war fort.

Blieb krank, aber lebte, war weg. Dann die Schule, das Pflegeheim Innsbruck, dann Fürsorge Graz, aber lebend.

Die Hölle in Graz ist der Himmel gewesen, ich kam ja von dir.

Du hast in dem Himmel gewohnt, bei er Macht. Unter dir war die Angst, war die Hölle. Aus der hat mich der Paul freigekauft, ausgelöst hat er mich und mir dann die Schule gezahlt und das Heim, er hat mir die Fürsorgehölle in Graz finanziert. Und geschrieben, das tu ich für mich, nicht für dich, sondern gegen den Bruder.

Dein Vater wird sterben daran, dass du weg bist, kein Erbe, kein Sohn mehr am Hof, so wird es bald aufhören mit uns, und dein Vater wird schwach, du wirst sehen.

Ich bin dann gewachsen in Graz, gesund bin ich immer noch nicht, aber lebe. Ich bin dir abhanden gekommen, mein Vater.

Du hast dann zu schrumpfen begonnen. Ich konnte es lesen. Dein Bruder, mein Onkel, hat dich beschrieben, jede Woche ein Brief, manchmal zwei, und hat dich zu protokollieren begonnen, jede Veränderung hat er wahrgenommen an dir und geschickt. Zeile für Zeile habe ich dich schrumpfen gesehen.

Du hast ihn nach seinem Unfall vom Hof amputiert und zum Stallknecht gemacht, hast den Hof übernommen. Und ihn.

Jetzt schlug er zurück, und das ist ihm gelungen, mich hat er gerettet, dir hat er den Büttel genommen, die Kraft abgezogen, wen hattest du noch unter dir, ich war weg, nur die Frau. Die verblühte daran, deine Rose, die hat dir nur ein Mal geblüht, dann nicht mehr. Eine Trauerrose ist sie geworden, die unter dir auf deinen Tod hingeblüht hat, und ist dir doch vorher gestorben, das hast du geschafft.

Ich hole dich von ihm fort, habe ich ihr gesagt, ich hole dich zu mir, von ihm weg, eines Tages, dann kommst du zu mir, doch sie ist nicht gekommen, sie ist dir geblieben und ist dann verendet an dir.

Ich bin mit der Rettung gekommen, mein Vater, das Auto war frei, ich komme dich holen, ich werde nicht schuldig an dir, du wirst nicht hier sterben, noch nicht, ich brauche dich noch für mein eigenes Sterben, für den eigenen Tod, Hier kommst du mir nicht aus dem Griff meiner Hände heraus.

Nach dem Heim dann die Schule, ich bin ein Pfleger geworden. Altersheim Graz, dann Althofen.

Das Heimfahren dann, die Besuche am Hof, die Veränderung war mir durch den Onkel bekannt, und doch war es immer ganz anders. Ich war nicht aufs Sterben gefasst, auf den langsamen Tod, wenn ich ankam in Dellach, am Bahnhof, die Jahre danach.

Du hast dort gewartet, die Eiche ist schütter geworden. Und der Geruch in deinem Auto auf dem Weg von Dellach zu dir. Der Geruch von dem Sterben im Mund, der Geruch meiner Kindheit, zwischen Bett- und Mundgeruch kam man nicht auf. Die Leute bei uns in Althofen haben zwar auch gerochen, doch anders, der Sterbegeruch in dem Auto, vom Bahnhof zum Hof, das warst du.

Ich habe dich geatmet. Und wurde krank. Eine Woche lang krank, jedes Mal, wenn ich heimkam. In Villach hat es begonnen, in Dellach war ich schon krank, war daheim, jedes Mal, und du konntest mich pflegen und hast mich gepflegt und umsorgt und ich konnte nicht aus, lag im Bett, eine Woche. Dann fort, in den Zug, in die Althofener Gesundheit hinein.

Wieder die Briefe, der Onkel, die Sätze der Mutter. Die hat nie am Bahnhof gewartet, sie durfte von dir aus nicht gehen, konnte nicht, und ich von dem Bahnhof ins Auto und durch deinen Totengeruch in die Angst, die sie wurde, du hast sie zur Leiche gemacht.

Ihre Augen. Und jedes Mal anders, das Sterben ganz neu, obwohl es der Onkel beschrieb und mich jedes Mal warnte, und fremd.

Die eingebrochenen Gräber der Augen. Eins du und eins sie. Wer ihn ansieht, vergreist, sagte sie. Und ich dann zu ihr in die Kammer, und du hast uns beide gepflegt, du warst stark.

Ich habe dich zu sammeln begonnen damals. Jedes Mal, auf dem Weg von dir weg, nach Althofen, habe ich ein Stück mitgebracht, das du warst.

Mit den Schuhen hat es begonnen. Ich habe mich für deine Schuhe geniert, sage ich dir. Mit den Augen habe ich als Kind vor den Leuten, in deren Häuser wir gingen, den Dreck von den Schuhen geputzt.

Und das Knarren der Schuhe. Du weißt, dass du keine mehr hast? Das ging über uns drüber, das Knarren warst du, und das Knarren vom Bett, ich höre es noch, wenn du im Bett auf der Mutter, und konnte nicht helfen, ich habe sie nicht stöhnen gehört, nur das Knarren vom Bett, das du warst.

Mit den Schuhen habe ich dich damals zu sammeln begonnen, ich habe einen Schrank angelegt, dein Bruder hat mir geholfen dabei und dich mir in Raten geschickt.

Die Uhr, die ich mitnahm, man konnte nicht unter ihr leben, hat mir deine Schritte in die Stunden geschlagen. Im Heim in Althofen hat sie den Patienten den Weg in den Winter getreten.

Die verwunschenen Wünsche der Zeit unter dir habe ich mir später erfüllt und nachgekauft alles, was käuflich war, nachgelebt alles, was noch lebbar war in den Jahren danach. Einen Schrank angelegt von den Gerüchen der Zeit unter deinem Geruch.

Unter dir kam nichts auf, und so alles auf später verlegt, archiviert, diesen Schrank angelegt und gelebt.

Du weißt, dass du keine Schuhe mehr hast, dass du keine mehr brauchst, deine Füße sind Wurzeln geworden, hier versickerst du jetzt. In dem Bett.

Dein Bruder ist deine Amme geworden und hat dich gewickelt.

Die letzte Windel ist weiß und die fällt auf den Körper. Du kennst das Geräusch, wenn die Erde aufs Brett fällt, hier ist es das Laken, der Schnee von dem Laken, ich ziehe ihn dir glatt.

Und dann später das Gras auf dem Körper, noch ist es das Laken, mein Vater, du wälzt dich darin, das Leintuch wird zäher, das Liegen zum Sarg, du wirst sehen.

Der Kopf wird dann kalt, auf der Erde vom Polster. Nicht hier. In Althofen.

Ich werde ihn küssen, du wirst dich erinnern. Der Kopf deines Vaters, erinnerst du dich, als der starb, ich musste ihn küssen, du hast mich gezwungen dazu. In dem Augenblick, wenn du abkühlst, du wirst dich erinnern, ich werde dich küssen, mein Vater, dich riechen, das letzte Parfum.

Ich bin nicht mehr zu euch auf den Hof heimgekommen, war lange nicht krank. Ich habe telefoniert. Mit der Mutter.

Dein Bruder hat protokolliert, jede Woche geschrieben, ich habe telefoniert, mit der Stimme der Mutter gesprochen.

Du hast die Stimme vom Vater, hat sie mir einmal gesagt, dann gehüstelt. Wir haben dasselbe Blut in der Stimme.

Wir fragten uns nicht, wie es uns ging, haben nur auf die Stimmen gehört, doch die Pausen sind länger geworden. Das Schweigen war peinlich, ich schämte mich, ihr zu sagen, dass es mir gut ging, ich habe versprochen, ich habe ihr gesagt, dass ich sie hole. Ich habe es nicht getan. Und sie hat sich geschämt und gesagt, sie möchte mir schreiben, keine Anrufe mehr, beim Schreiben, da hätte man Zeit.

Ihre Briefe, in Schönschrift, um die Angst zu verstecken, den langsamen Tod schön zu schreiben.

Dann wochenlang nichts, keine Zeile.

Dann ihre Stimme beim Anruf, sie hat ohne Zähne gesprochen, ich erkannte sie nicht, fragte nach, sie hat aufgelegt.

Dein Leben lang bist du auf ihre Zähne eifersüchtig gewesen, du hast die Prothese gehabt. Die Zähne der Mutter waren nicht schön, aber gut.

Jedes Kind kostet dich einen Zahn, hat es in Amlach geheißen. Sie hat nur ein Kind gehabt. Aber dich. Und du hast sie alle gekostet. Für eine Brücke ist sie zu alt, sagtest du, hat der Onkel geschrieben, die Prothese ist besser, hast du gemeint.

Und jetzt hier, die Prothese am Tisch, deine Zähne, im Glas, neben dem Kopf, der sich abzukühlen beginnt. Ich werde sie behalten.

Ich kam nicht mehr heim, keine Anrufe mehr. Die Protokolle vom Onkel.

Dann Klagenfurt, Landeskrankenhaus, Anstalt, ein Stempel am Brief, ich soll kommen.

Als sie die Anstalt verließ, erinnerst du dich, wie sie aus Klagenfurt kam, von der Anstalt, als sie die Gitter verließ, hör gut zu, sag es selbst, wenn du es hören kannst, denk es jetzt mit, wie sie kam.

Eine Leiche.

Die Gitter der Anstalt sind jetzt hier die Stricke, hat sie gesagt, wie sie ankam am Hof, hörst du es jetzt.

In Klagenfurt hinter dem Gitter, in Amlach hier neben den Stricken, das waren die Worte, in Amlach hier unter den Seilen, hat mir ihre Hand zugeschwitzt.

Wir führten sie in deine Zimmer, wir hatten ja keine, meine Hände drängten den Körper in die Richtung der Bettstatt. Kein Vorhang. Der sei zu gefährlich, die Gelegenheit macht ihre Toten, hat uns der Arzt in der Anstalt gesagt und auf dem Rezeptblock notiert, was jetzt zu tun sei mit ihr.

Die Gelegenheit macht ihre Toten, stand da. In der einen Hand hielt ich den Zettel, die andere brachte den Körper der Mutter zum Bett, zu der Richtstatt. Die Betten sind Karren, auf denen die Kranken zum Sterbeplatz rollen, ich habe sie zum Richtplatz gerollt.

Sie hat in der Anstalt die Schritte verändert, den Atem gewechselt, in Klagenfurt ist das Gehen ihres

Körpers ein Schlürfen geworden, auf Eis ist sie gegangen, da tritt man nicht auf, sondern schiebt einen Fuß vor den anderen. So ist sie gegangen, ich habe sie über den Boden des Hauses geschoben und habe sie über das Eis deiner Böden gebracht, in den Sarg einquartiert habe ich sie und sie dort in die Laken gewickelt.

Der Schnee ist schon da, hat sie unter dem Laken durchs Leintuch geflüstert. Es war Sommer und heiß. Ein kalter Sommer, habe ich gesagt.

Aus deinem Gehen sind dann für Tage Pantoffelschritte geworden, auf Eis bist du gelaufen, man hörte dich nicht, eine Zeit. Deine Strecken sind leise geworden, die Wege im Haus zu den Fenstern der Räume, bis endlich kein Vorhang mehr da war, kein Seil in dem Haus und im Stall.

Erinnerst du dich an deinen Weg zu dem Silo. Zuerst hast du die Stricke versteckt. Dann bist du munter geworden, das Schlürfen der Schritte, vom Fallen ihres Körpers bist du munter geworden. Der Weg in die Angst, in die Kammer, der Körper der Mutter am Boden, sie wollte aufs Klo, und schämte sich so für den Topf, den wir ihr unter das Bett gestellt hatten.

Sie hat dich gesehen, der Arzt hat gemeint, es wäre besser, sie sähe dich nicht, eine Zeit, bis sie sich wieder eingewöhnt hätte in deine Räume.

Sie hat dich gesehen. Du wolltest ihr helfen, ins Bett hast du sie unter ihrem Weinen getragen. Sie wollte aufs Klo, und dann kam alles raus, sie konnte es nicht mehr in sich halten, auf deine Hände.

Ich habe dir das Hemd und die Hose gewaschen, dein Hemd und die Hose sind ihre ersten Windeln gewesen, ich habe sie gewaschen, sie hat sich geschämt. Und entschuldigt. Dann hat sie beteuert, es kommt nicht mehr vor, hat sie gestöhnt, was wirst du jetzt denken, deine Mutter kann nicht mehr aufs Klo.

Sie hat sich von da an auf deinen Topf gesetzt, wenn ihr was kam, und geweint. Dann hatte das Wimmern im Zimmer eine andere Stimme, ich habe sie gehört.

Wir haben Schach gespielt nebenan. Erinnerst du dich an das Wimmern. Wenn es zu uns durch die Tür kam, dachten wir angestrengt nach, um es nicht hören zu müssen. Der nächste Schachzug war wichtig, wir mussten nicht hören. So sind wir Komplizen geworden. Das einzige, das uns verband. Dass wir nichts hörten um uns.

Vor ihrer Tür sind wir gesessen und haben vor ihrem Wimmern gedacht und gewartet, dass der Geruch ihres Körpers sich legte, auf das Geräusch von dem Schließen des Fensters gewartet, das zaghafte Schlürfen der Schritte gehört und die Antwort vom Bett, wenn sie dort ankam daheim.

Und dann bin ich gekommen, ich habe angeklopft. Du hattest zu warten, der nächste Zug war ja wichtig, hast alles gehört, ich habe die Tür zugemacht und gefragt, ob ich störe, und musste dann wegsehen, bis sie die Zähne aus dem Glas heraus und dann eingerenkt hatte.

Ich fragte, ob ich sie störe, sie sagte nur, spielt ihr jetzt Schach, ich bejahte, das ist dann schon gut, meinte sie.

Sie hat es jetzt nicht mehr gewollt, dass ich mich zu ihr auf das Bett gesetzt hätte. Ich hätte es getan.

Sie winkte nur ab und hat mit der Hand auf den Topf gezeigt. Mit einer Zeitung hat sie versucht, den Geruch zu ersticken.

Ich habe gefragt, ob ich dich hereinholen sollte, sie hat abgewinkt. Mich zu sich hin gewinkt, sie schäme sich so und ob man was rieche, vor der Tür, meinte sie, und das hieß, ob du was in die Nase bekommen könntest von dem, was sie hier unter sich ließ, und hat sich unter den Polster hinunter geschämt, unter dem du jetzt liegst, jedes Mal. Ich habe ihr gesagt, du riechst nichts.

Dann hat sie mich um einen Vorhang gebeten, die Kinder vom Nachbarn konnten sie sehen, in der Nacht, wenn das Licht brannte.

Der Vorhang ist ein Verschlag geworden für sie, erinnerst du dich, ich habe ihn auch fotografiert, eine Planke, die haben wir ihr jeden Abend vor das Fenster gelehnt. Ein Vorhang war zu gefährlich. Dann hat sie das Licht angeknipst, in der Gruft. Einen Grabstein haben wir vor das Fenster gelehnt. Sie hat einen Vorhang gewollt.

Und einmal, am Morgen, als wir die Planke vom Fenster weg schoben, hast du das Gitter gesehen, das sie in der Nacht davor auf das Holz geschabt hat, mit der Kreide, mit der sie jedes Jahr das Kaspar und das Melchior und das Balthasar und das Jahr auf die Haustür geschrieben hatte.

Jetzt bin ich auch hier in der Anstalt, hat sie geweint, hier gibt es nur Gitter, es gibt keine Stricke, ich weiß.

Du hast sie vor ihrer Türe bewacht, wir sind ihre Wärter gewesen und lösten uns ab. Wir haben ihr die Wacht, in der Küche haben wir ihr vor ihrer Tür die Totenwacht abgesessen.

Zuerst hast du die Schnüre versteckt, dann vergraben.

In der Nacht, als sie das erste Mal fiel und das Klo nicht erreichte, nachdem du sie in das Bett getragen hattest, hast du die Stricke vergraben. Später hast du sie ausgegraben und in den Silo geworfen.

Jetzt ist sie uns sicher, hast du gedacht.

Später, ich habe nicht geschlafen und bin trotzdem erst unter den Schlägen munter geworden, und laufe vor das Haus, es ist Nacht, keine Bäume mehr da außer dem, den du umschlägst. Die Linde. Jetzt ist sie uns sicher, kein Strick, keine Schnur, keine Bäume, sie kann es nicht tun, hast du geschrien.

Kein Strick, keine Schnüre, kein Baum. Aber du.

Ich habe sie begraben, du bist nicht gekommen, du hattest zu tun, du warst krank, du hast dich im Wirtshaus erholt.

Wir haben sie in die Erde gegraben. Ein Leben lang hast du uns in deine Formen gegossen, jetzt haben wir sie in die Erde gegossen. Ich las uns die Zukunft heraus.

Die war schwer wie Blei, hat der Onkel gesagt. Er war Träger, der hat sie getragen und sie dann in die Dellacher Erde gegossen.

Später, die Jahre danach, hat er dich in die Erde vom Bett eingeschmolzen, und dort gedeutet und protokolliert.

Er hat es schon damals gewusst, bei der Mutter, jetzt brennt er sich selbst ab, dein Vater, hat er geschrieben und hat dich dann brennen gesehen.

Wenn du aufgewacht bist, wirst du mir glauben, du wirst dich erinnern, du kommst mir nicht aus. Du wirst hören. Hast nie gehört und kannst nicht mehr sprechen, du bist nur noch da. Das ist für das Sterben genug.

Er könnte wohl noch, doch er will nicht mehr können, dein Vater, hat der Onkel geschrieben. So bin ich gekommen. Du kannst, du musst es noch können. Für uns. Und jetzt finde ich dich hier mit dem eingefrorenen Kopf in dem Bett auf den Tod. Auf das Leben, sagt Paul. Auf den Tod, sage ich dir.

Vom Liegen bist du ein Plattfisch geworden, dein Kopf, abgeplattet, das Sediment deines Körpers bist du geworden, dein Körper sinkt ab. Du senkst dich hier ein.

Erst hast du dich in die Mutter versenkt und dann hast du dich in meinen Kopf eingegraben, dort hast du zu gären begonnen.

Er sinkt auf den Grund, in den Kalk seines Bettes hinein, hat der Onkel gesagt. Dort wird er jetzt klein und nimmt ab.

Und das wirst du nicht tun, sage ich dir. Doch du tust es.

Der frisst sich jetzt auf, sagt dein Bruder, jetzt ist es so weit. Er hat Recht. Wenn du es tust. Hier verdaust du dich selbst.

In Althofen, im Heim, ich war oft dort beim Sterben dabei. Jeder, der starb, war der falsche. Und wieder nicht du. Mit jedem, der starb, habe ich mir deinen Segen genommen, Du bist nicht gestorben. Du hast sieben Leben gehabt.

Und jetzt hier. In dem Bett von der Mutter. In der Trockenzeit deiner Adern, kein Puls, eine Platte vom Liegen, ein Fisch, sinkst du ab. In deinen Frieden hinein. In den Krieg, der mir bleibt. Der du warst.

Dann die Zeit, du versuchtest, Kontakt aufzunehmen, erinnerst du dich, deine Briefe.

Die Rehe, wenn die sich zum Haus heran wagen, dann sind sie krank, sagtest du. Das ist die *Wut*, hast du mir vor dem Schießen erklärt.

Das Kranke gehört unter die Erde, du hast sie mit einer Kugel geheilt. Meist sind sie im Winter gekommen. Die Rötung im Schnee von der Heilung.

An der Zutraulichkeit erkennst du die *Wut*, hast du damals gesagt. Ich habe die *geheilten* Körper begraben. Und die paar Jahre danach bist du selber gekommen, brandig bist du gewesen, du hast dich an dir infiziert, habe ich mir damals gedacht. Zutraulich bist du geworden, geschrieben hast du. Doch ist keine Antwort gekommen, ich habe nicht geschossen, mein Vater, ich habe nicht zu *heilen* versucht. Ich habe kein Serum gehabt.

Deine Briefe hast du dann anderen geschrieben, Annoncen hast du verfasst.

Der Onkel hat mir die Annoncen geschickt, und ich habe gelesen, wie sie von Mal zu Mal bescheidener wurden. Aus dem *stämmigen Witwer* bist du über den *rüstigen Bauer mit Hof* eine *gute Partie, doch allein* geworden. Aus der *attraktiven Bäuerin*, die du wolltest, ist mit der Zeit in der Zeitung eine *Witwe* und dann die *Gehilfin* geworden.

Eine Annoncenfrau ist dir gekommen, ist auch nicht geblieben. Geblieben ist dir nur meine Mutter.

Die Annoncenfrau hat aus deinem Hof eine Gärtnerei machen wollen. So bist du ein Gärtner geworden. Friedhofsgärtner bist du schon immer gewesen. Auf dem Hof bist du der Gärtner gewesen, und wenn wir nicht der Friedhof waren in Amlach, dann sind wir mit deinen Rosen doch immer die Gärtnerei für den Dellacher Friedhof gewesen.

Du hast mit der Frau für den Friedhof die Blumen geliefert. Davor hast du Menschen geliefert. Etwas hast du immer für die Dellacher Erde zum Pflanzen gehabt. Zwischen Großmutter- und Großvaterkörper hast du Blumen geliefert. Nach deinem Vater sind bis zur Pflanzung der Mutter wieder Rosen in die Dellacher Erde gekommen.

Jetzt liegst du hier in dem Bett von der Mutter und suchst nach dem Tod deiner Frau, wie du zuvor in den Dellacher Betten im Gasthaus vergeblich den Körper der Mutter gesucht hast.

In dem Schatten vom Hof in Althofen das sich wiederholende Bild mit dem Kind unterm Baum, das die Mutter ins Laub setzt, wenn sie das Bett ihres Vaters besucht. Es spielt in den Blättern und lacht, gräbt sich ein und verschwindet im Laub, in dem Dreck.

Die Mutter ist dann beim Vater, am Fenster. Und schaut ihrem Kind zu, das schreit, es kommt nicht mehr heraus aus dem Laub und versinkt, und nur noch die Hände zu sehen, die Mutter läuft zu dem Kind und kommt mit dem Kind zu dem Vater, der schon im Bett sitzt und braun ist vom Kot im Gesicht. Und der lacht dann und schreit, und das Kind, beide braun.

Jetzt bin ich bei dir unter der Erde gewesen, sagt er zum Kind, das noch weint.

An das Braun, ich habe an die Bienen gedacht. Erinnerst du dich an die Bienen. Auf dem Hof haben wir unter der Erde der Bienen gelebt. Das hat wehgetan.

Die Wiederholung vom Bild mit dem Kind in dem Feld, das ich bin. Doch sehe ich es von außen, zuerst nur ein Ausschnitt. Die Wiederholung im Traum, wie es war, zuerst nur im Kopf, das Verziehen des Mundes, die Bienen darauf, dann der Körper, die Bienen, das Braun vor den Augen.

Der Arm und die Angst vor den Bienen darauf.

Er hat die Königin in der Hand, hast du den Leuten, denen du mich so zum Fotografieren gezeigt hast, erklärt. Wenn er die Königin in der Hand hält, setzt sich der ganze Schwarm an der Hand fest, habe ich dich durch die Bienen gehört. Wenn man keine Angst hat, passiert nichts, hast du den Gästen gesagt, die Angst riechen sie an dem Schweiß.

Ich habe mich blutig geschwitzt, die Königin habe ich zerdrückt, und, erinnerst du dich, dann gerannt und davon, deine Bienen mir nach übers Feld, durch den Wald, bis zum Wasser vom Trog, das hat mir die Stiche gekühlt. Und im Bett dann die Hitze vom Fieber.

Den Kranken in Dellach und Amlach hast du den Doktor gemacht, den Gicht- und Rheumakranken hast du deine Bienen angesetzt. Die kamen zu uns auf den Hof und du hast sie mit dem Gift deiner Bienen geheilt.

Gegen die Bienen hast du kein Serum gehabt.

Vor dem Flugloch der Bienen sind tote Bienen gelegen.

Du hast mir das Töten der Bienen erklärt. Wenn die sich verfliegen, die betteln sich ein, sagtest du. Wenn die ihren Stock nicht mehr finden, vor dem Flugloch warten die Wächter, die erkennen sich an dem Geruch ihres Stockes.

Wenn sich eine verfliegt und nichts mitbringt, dann sticht man sie ab. Ich habe es gesehen, vier Wächter vom Stock haben den Körper der Biene zerbissen, zwei andere haben gestochen. So machen sie es auch mit den Drohnen, hast du gesagt.

Du hast dich nicht einbetteln können am Hof und hast nichts außer dem fremden Geruch deines Vaters gehabt. Du bist der Mitgebrachte gewesen.

Den Drohnen geht es auch so, die mästen sich deine Bienen für die Befruchtung heran. Und danach, nach dem Schwärmen vom Stock und nach der Befruchtung, da sticht man sie ab, und die können sich ohne Stachel nicht wehren.

Du hast mir gezeigt, wie sie das tun, deine Bienen, die tragen die Drohne vor das Loch und stechen sie ab, und die fällt vor dem Loch auf die Erde. Dort warten die Ameisen auf ihren Körper und tragen ihn in ihre Erde.

Das Bild von der Mutter beim Kohlenschaufeln.

Die Frauen, die zu dir kamen, und keine geblieben, du hast dich als Drohne gefühlt.

Du hast diesen Frauen die Haare geschnitten und sie damit zu meiner Mutter gemacht. Du hast in den Frauen meine Mutter gesucht und dich einzubetteln versucht, es ist nicht gelungen.

So bist du zur Drohne der Frauen geworden. Die stechen mich ab, wenn sie mich nicht mehr brauchen, hast du zum Onkel gesagt.

Ausgenutzt bist du schon immer geworden, ich habe mehr genommen von dir. Denn außer Verzweiflung und Ängsten und Hass hatte ich nicht viel parat.

Die Kinderschrift auf einem Zettel vom Onkel. Dein Versuch deines Namens.

Du hast mit dem Traktor im Winter das Feld umgepflügt, und der Anfall dabei, dann die Anstalt der Mutter, Klagenfurt, Männertrakt, derselbe behandelnde Arzt und die Krankheit der Mutter.

Ich habe dich besucht, das Gespräch war ein Prüfungsgespräch. Du hast zu beweisen versucht.

Dein Bruder ist dann dein Vormund geworden und hat deinen Körper beim Gehen an deinem Stock festgehalten. Dann hat er den Rollstuhl geschoben.

Eingebettet hat er dich und gepflegt. Jetzt ist es so weit, hat er geschrieben, jetzt pflanze ich ihn ein, und dich fotografiert und die Bilder über dir an dem Kopfende von deinem Bett aufgespickt.

In den Bildern holt deinen Vater der Tod, sagte er, und hat dich mit den Fotos seziert. Die Bilder der Hände, die Beine, die Fotos vom Körper und von deinem Kopf, abgetrennt fotografiert, und sie dann über dich an die Wand in die Kreuzform vom Christus daneben gebracht.

Der stirbt hier für uns in dem Bett, sagte er, und die Kerzen gebracht und dich zwischen den Kerzen gewickelt. Jede Waschung ist deine letzte Waschung gewesen, du bist wund gelegen im Bett, und er hat dich und dein Fleisch für den Tod eingeölt.

Du hast dich mit den Händen an einem Stock festgemacht, die Beine sind zwischen den Krücken gehinkt, dann bist du im Rollstuhl gefahren. Das Gatter im Hof ist dein Gitter geworden, du hast dich ins Liegen, ins Bett eingelähmt, und dein Bruder ist stärker geworden. Der wirkliche Sohn deines Vaters hat dir die Arbeit gemacht, die macht stark, hast du immer gesagt.

Nach dem Unfall vom Bruder hat der nur noch die linke Hand zur Arbeit gehabt. Die hat mir dein Sterben notiert.

Das Gespräch in der Anstalt. Du wolltest beweisen, dass du dich selbst umziehen kannst. Die Hände haben die Hose gehalten, dann eine den Rock und die andere die Hose, dann beide den Rock, und die Hose schwamm auf die Knie.

Deine Augen. Das erste Mal hast du verstanden. Da habe ich dich sterblich gesehen.

Vielleicht stirbst du gar nicht in Althofen, mein Vater, vielleicht stirbst du hier, man wird sehen. Ich lass dich hier sterben. Vielleicht.

Du bist dann zurück auf den Hof. In das Haus, in das Bett.

Ich bin nicht mehr gekommen.

Danach, in dem Bett auf dem Hof hast du dir dein Personal auf den Hof hin erfunden und dort mit der Mutter gelebt, hat der Onkel gesagt. Hier im Bett hat er alle bei sich und die nimmt er mit sich in die Erde.

Du warst wieder stark, nur, du hast die Plätze gewechselt.

Ich habe auch die Plätze getauscht. Jetzt sitze ich hier neben dir. Doch ist jeder Ortswechsel immer nur ein Angstwechsel gewesen. So wie du in dem Bett und im Kopf weiterhin über uns alle regiert hast, habe ich in meinem Kopf unter die vegetiert. Und jetzt grabe ich dich hier aus der Erde deines Bettes heraus, du wirst nicht hier sterben. Das wirst du bei mir.

Die Althofener Betten sind Sommer fürs Sterben, da stirbt es sich leicht, du wirst sehen, da gräbt es sich leicht, du versinkst wie von selbst, und ich werde dir helfen dabei.

Die Verwandten waren schon da und sind um die Kleider gekommen, du brauchst keine mehr. Die trägt einer auf, es geht weiter.

Wenn du die Augen aufmachst, wir beginnen von vorn, und ich hebe dich aus, exhumiere dich in Althofen aus mir heraus und schau nach, ob du es warst.

Ich habe dich so oft schon lebendig begraben und gehe dann hinter dir her, ich stehe am Sarg, und dann war ich du, jedes Mal, in dem Traum. Ich habe mich begraben mit dir und liege im Sarg, du stehst oben und wirfst mir die Erde herab, mit der Schaufel.

Die Erde, die fällt, sind die Bienen, die kommen, du schaufelst die Bienen ins Grab, das sich über mir füllt. Ich höre das Geräusch von den Bienen.

Du bist jetzt ihr König, sagst du, jetzt wirst du befruchtet, und schaufelst mich über mir zu.

Meine Erde ist leicht, lächelst du, die kann fliegen. Jetzt kriecht sie.

Du hast mich befruchtet, mein Vater, mich hättest du auslassen müssen.

Ich weiß dann, jetzt kommen die Bienen zu mir in den Sarg auf den Körper. Die tun dir nichts, wenn du stillhältst, sagst du. Ich habe stillgehalten, ich bin strammgelegen unter der Erde der Bienen am Hof, und kann mich nicht rühren und stelle mich tot in dem Traum.

Jetzt füllt sich der Schacht, und du schaufelst, ich liege unter dir in dem Bett, wie du jetzt unter mir liegst, und kann mich nicht rühren, ich werde befruchtet, sagst du, schaufelst weiter, du schaufelst mich zu in dem Traum, der geht weiter.

Die Bienen sind jetzt ein Haufen. Und das Geräusch von den Bienen. Ich habe dich begraben im Traum und liege doch selbst in dem Grab, das du bist.

Doch ich lebe, du lebst noch, mein Vater, du bist noch nicht tot. Und ich hole dich zu mir und dort werden wir leben. Nur keine Frau unter mir, keine Toten, bei mir hört das auf, schwör ich dir.

Fürsorgeheim Graz. Dann Althofen. Altersheim, Pfleger.

Der Fürsorgefall Artur ist der Altersheimpfleger Kofler geworden, ich bin was geworden, aus dem Fürsorgefall ist in Althofen ein Altenbesorger geworden, der Greis in dem Kind, das ich war, hat sich so in die verkalkende Lähmung der Alten geflüchtet und hat dort die Alten gepflegt.

Von einem Bett in ein anderes, zwischen Betten und Gang und den Wegen im Park, aus dem Bett der Patienten die Körper geholt und in den Rollstuhl der Anstalt, dann raus, etwas Atmung, dann raus in das Husten der Alten, aus ihren Stühlen heraus, und wieder die Gänge, ins Zimmer, in die Decken der Betten hinein. Und Tee, der besänftigt den Husten zu Schleim.

Die Tücher, die langsam gewordenen Körper noch vor der Starre gewaschen, der Ekel am Anfang, man gewöhnt sich daran, an den Schweiß ihrer Lähmung. Ich wurde fast süchtig danach, diese Körper zu waschen. Der Ekel vor dem Dreck in den Falten ließ nach, man gewöhnt sich daran, oder nein, ich gewöhnte mich nicht.

Doch ich habe sie geputzt, die Patienten, die Fälle der Anstalt, die Körper, ich habe sie zu pflegen versucht, mit den Händen, mit Wasser. Die Tücher der Anstalt haben ihnen den Schweiß ihrer Angst vor der Starre zu nehmen versucht.

Aufgesaugt alles, was rauskam, ich habe sie geputzt und gepflegt und zu säubern versucht. Sie waren mir dankbar, später, erst waren sie ängstlich, verschüchtert, und haben sich für ihre Säfte geschämt, für den Auswurf. Für den Sterbeurin, der dann kam.

Dann habe ich sie meine Gelben genannt, meine Braunen. Ich habe es nicht gesagt, und die Tücher, das Wasser haben sie wieder zu meinen Alten gemacht. Eine Zeit. Dann sind sie wieder die Gelben geworden.

Die Peinlichkeit in den Winkeln der Münder. Der Vorwurf der Augen. Wie der von der Mutter, erinnerst du dich.

Diese Angst vor der Lähmung ist ihre Angst vor der kommenden Starre gewesen. Ich habe gefragt, und sie haben mir dann unterm Waschen ihre Angst vor der Starre erzählt. Die Althofener Zeit ist eine einzige Sterbeerzählung gewesen.

Ich habe mit den Alten das Sterben geübt. Gelernt habe ich das früher, bei dir, unter dir.

Über den Körpern der Anstalt habe ich es zu begreifen versucht, das Erschlaffen der Hände. Die Menschen sind Körper geworden, die Angst wurde Gleichgültigkeit durch die Lähmung, jede Stärke ist Schwäche geworden.

Ich habe sie gewaschen, massiert, eingeölt und entfettet, der jeweilige Körper ist deiner gewesen. Sehr lang. Und auf einmal ist es der meine gewesen, habe ich das eigene Sterben geübt.

Das Mutmachen ist immer mein eigenes Mirmutzusprechen gewesen, das Angstwegwischen auf diesen Körpern war meines, ist meines geworden. Ist es schon immer gewesen.

Die Panik der Augen, der meinen, wenn einer ruhig zu werden begann und apathisch. Die Angst der anderen Patienten vor seiner Lähmung, das Braun in den Betten der Zimmerkollegen.

Wenn einer dann ruhig zu werden begann, die Panik der anderen, das Zittern der Hände, die sich festkrallten an mir. An den Händen.

Die Geschichte, dann kam ihre Geschichte, sie hatten zu sagen, so viel noch, und ließen nicht los. Meine Hände im Tuch auf dem Zittern der Körper, die offenen Augen, vor der beginnenden Agonie dieses Körpers daneben, im Zimmer, wenn einer im Raum seine Geschichte zu Ende erzählte und bei der Angst nicht mehr mitmachen wollte. Und mit dem Sterben begann.

Das Ende ist weiß und gefaltet. Das Ende aller Althofener Geschichten ist gleich.

Wenn der gelb wird, das Blau wird dann Grau, und das Schwarz in den Falten der Haut wird dann starr, dann kommen die Spritzen, ich machte nicht mit, und versuchte zu helfen, und der ist dann noch einmal gekommen und wollte nicht mehr, sagte Aus jetzt, war weg, und blieb grau.

Die Stille im Zimmer, das Atmen, verlangsamt, der anderen, die zogen sich unter die Decken zurück, und wenn ich die wegnahm vom Kopf, ihre offenen Augen darunter, die Augen von Kindern, vom Kind, das ich war, in den Bienen, am Foto.

Und wieder das Waschen, noch einmal die Hand an dem Körper, am Grau.

Das Gefühl des sich abkühlenden Blutes, wie damals, am Hof, bei den Tieren.

Es kam. Immer wieder. Von neuem. Die Wäsche ging weiter, ein Körper, der nächste.

Die Räumung vom Bett, eine Bahre, die Patienten waren die Blumen am Sarg. Dann der Friedhof, Musik. Und der Chor, der versuchte zu singen, Patienten. Der Chor hatte Zulauf, man probte, ich hörte sie oft, man singt dort nur Messen. Geburtstagslieder und Totenlieder. Am Grab dann meist beides.

Sie übten, zwei Stunden am Tag, zehn bis zwölf.

Solange wir singen, sind wir nicht tot, singen wir für die anderen, haben sie einmal gesagt.

Dann die Zeit der Beruhigung. Sie finden sich ab, denke ich mir, und führe sie an das Grab, jeden Tag, in dem Rollstuhl. Dann Stille, das Atmen, sie finden sich ab, denke ich mir.

Nicht reden, sonst störe ich sie beim Gespräch mit der Erde. Die graben sich ein, denke ich mir, die graben sich durch bis zu dem Toten, dort fragen sie an. Das braucht Zeit und macht schwach, das spüre ich am Atem, der schnell wird. Die graben sich ein und lesen sich an der Erde die Zukunft heraus.

Auf dem Heimweg fangen sie an zu erzählen. In dem Stuhl, der sie fährt, auf dem Weg in das Zimmer, ins Bett, das schon wartet auf sie und geputzt ist und frisch, leichte Erde.

Dann kommt die Geschichte, eine Krankengeschichte. In Althofen ist jede Geschichte eine Sterbegeschichte gewesen.

Die Fragen nach der Geschichte des Toten. Das Alter, die Krankheit. So vergessen sie dann ihre eigene Krankheit in die Krankheit des Toten hinein, im Vergleich. Das eigene Leiden, doch der hat es stärker gehabt, höre ich sie dann unter der Decke hervor aus ihren Köpfen herauslügen. Sie erfinden dem Toten Geschichten. Keine Ähnlichkeit mehr mit dem eigenen Sterben.

Der Tote beginnt dann in ihnen zu graben, sie stehen am Sarg von dem Toten und singen und werfen die Erde aufs Brett. Solang sie noch singen. Und besuchen ihn dann, jeden Tag, und erfinden Geschichten, am Grab, und im Bett, das sich abzukühlen beginnt.

Die lügen sich tot, denke ich mir. Doch lässt sie der Tote nicht los, der gräbt weiter, und kommt, in den Nächten, die lang sind, der schaufelt sich aus, in der Nacht, und sie stehen am Grab, in dem Traum, und können nicht fort, nicht aus dem Stuhl ihrer Lähmung heraus.

Der schaufelt sich frei, will heraus aus dem Schacht und erkennt sie am Rand seiner Grube, im Traum. So erzählen sie es, und liegen im Bett, in dem Schacht, und können nicht fort, sagen sie. Ich versuche, sie zu trösten, sie wachen nicht auf, können nicht, bleiben starr in dem Bett und haben zu träumen. Am Grab.

Wenn einer zu sterben beginnt, dass er dann Aus sagt und Jetzt und Nicht mehr und dann noch einmal kommt, nach der Spritze, und doch wegzulaufen versucht. Der letzte Satz wird ein Vorwand, er sagt, er hat Durst und er muss noch mal raus, doch er kann nicht mehr weg. Aus dem Bett. Und bleibt hier.

Und wenn er dann fort ist, kommen die anderen, und greifen ihn an, wie sich das anfühlt, wenn einer zu stocken beginnt. Dann sind sie dabei, bei der Wäsche, doch ist das nicht gut, denn der kommt dann und will sie berühren, im Traum. Sagen sie.

Und die Augen der anderen, das Atmen, wenn einer nachkommt, ins Zimmer, der Neue, der einzieht ins Bett. Der kurze Atem vor der langen Nacht.

Wir haben dort sterben geübt, indem wir Angst davor hatten, und konnten nicht fort. Ich konnte nicht weg und war süchtig danach, in Althofen zu bleiben, im Heim, in den Zimmern. Ich war an ein Ende gekommen, das habe ich gespürt. Von dort geht man nicht mehr zurück. Dieses Ende hat seine eigene Lust, ich war süchtig danach, die Geschichten zu hören und mit ihnen zu sterben. Jede Woche einmal, ungefähr.

Und ich starb mit den anderen in diesen Toten hinein, starb dich so in mir ab, das war meine Geschichte. Doch bin ich übrig geblieben, ich war ja der Pfleger, nach außen. Nach innen hinein und in Wahrheit bin ich dort immer nur einer von ihnen gewesen. Ich habe es nicht gesagt, sagte nichts, fragte nur, sie erzählten, ich war nicht allein.

Es kamen auch Täter zu uns, nicht nur Opfer, es kamen auch solche wie du. Und ich war dabei, bis zum Ende, wie stirbt so ein Vater, das war mein Problem.

Wenn es bei so einem so weit war, nach der Spritze, die wollten immer davon aus dem Bett, jedes Mal, mit einem Vorwand am Ende vorbei. Doch sie konnten nicht fort, ich war da und ich hielt sie zurück und bei mir und so lange es ging. Die ließ ich nicht aus.

Vielleicht habe ich dich auch hergeholt, aus dem Schlaf, vielleicht warst du schon fort. Ich habe eine Spritze dabei, du verstehst.

Wo wirst du denn sterben, mein Vater. Althofen. In Amlach. Wer weiß.

Vielleicht hole ich dich nicht nach Althofen, vielleicht stirbst du hier. Man wird sehen.

Ich bin auch ein Täter geworden. Zum Opfer erzogen, von Dir, bin ich einer geworden. Wie du.

Ich habe nichts anderes gelernt. Ich war Opfer. Das hat mich zum Täter gemacht. Ich habe immer Menschen gebraucht und ich habe immer welche gefunden, und ich war das Opfer, wie damals, am Hof.

Ich bin von dir fort, und sofort unter die Grazer und Innsbrucker Fürsorgehände hinein, das hat mich gequält, und das hat gut getan.

Ich habe mich als Opfer gebraucht und so habe ich alle zu Tätern gemacht. So sind sie meine Opfer geworden. Ich bin ihrer habhaft geworden dadurch, dass sie mich schikanierten, wie du.

Durch mein Weggehen vom Hof habe ich dich zu schlagen versucht. Und durch das Versagen, danach, das dann kam. Das ist mir gelungen, und doch habe ich immer nur mich dabei umzubringen versucht. Ich habe jemand gebraucht, der die Schuld hat an mir, und die Schuld, die warst immer nur du, und ich habe mich ans Leiden gewöhnt, bin mein eigenes Leiden geworden, mein eigener Schmerz bin ich immer gewesen, ich habe ja nie existiert.

Weil du der Grund warst, für alles, habe ich nicht einmal der Grund für mein eigenes Scheitern sein können. Ich habe mich geschlagen und dich habe ich gemeint, und du hast mich getötet damit, so bin ich mein eigenes Opfer geworden. Weil du meine Ursache bist, habe ich nie meine eigenen Gründe gehabt, du hast dich in mir überlebt, mein Mörder bist du gewesen, so bist du mein Selbstmord geworden.

Du machst es dir leicht, wirst du sagen, ich weiß. Und es stimmt, denn ich habe nicht versucht, mein eigener Rücken zu werden. Ich habe funktioniert, ich habe nach den Regeln der anderen gelebt. Trotzdem habe ich immer versagt, irgendwann, und dann weg, in eine neue Regel und unter ein neues Kommando hinein. Funktioniert, eine Zeit. Und dann nicht mehr, auf einmal. Und fort.

An den neuen Ängsten vorbei habe ich mich in die vertraute Umgebung der Amlacher Ohnmacht geschlichen, da war ich daheim.

Und dann doch nach Althofen, ins Heim zu den Alten, in die geborgte Verzweiflung hinein.

Ich habe keine Hand für den Acker gehabt, meintest du.

Diese Hände kneten jetzt in Althofen die Angst aus den Körpern, die sind meine Äcker geworden.

Ich habe keine Zukunft gehabt, meine Sätze sind immer Vergangenheitssätze gewesen, die passen hierher, nach Althofen, ins Heim, zu den Alten. Eine Angst wäscht die andere.

Sie erzählen mir ihre Geschichten, und ich höre die meine heraus, ich führe sie an das Grab, jeden Tag, auf den Friedhof, zum Atmen, auf dem Weg an der Wand mit den Parten vorbei, da lesen sie sich ihre Zukunft heraus, werden leise. Dann weiter, zum Friedhof, im Rollstuhl, ich führe sie durchs Tor und an den Reihen der Steine vorbei und zu ihrer Adresse, da gehen sie am Sterbesalz lecken, ich führe sie zum Stein, und dann reden sie mit ihrem Toten, fragen dort nach, wie es ist, und sind doch nur bei sich, bei der eigenen Angst.

Ich stehe bei ihnen, am Grab, vor der Adresse der Mutter, im Kopf. Und der, der vor mir sitzt und Angst hat und überm Beten zu schwitzen beginnt, der bist du, in Althofen, in meinem Kopf. Jeden Tag fahre ich jeden Patienten an das Grab meiner Mutter, und jeder Patient, das bist du, und wir beide, die Mörder, und kehren zum Tatort zurück.

Auch in Althofen. Am Friedhof, die Bienen, nach einem Begräbnis.

Der Honig der Toten.

Einmal, bei einem Besuch, bei den Amlacher Toten, in Dellach. Davor war ich bei den Bienen, bei dir.

Dann mit einer Königin deiner Bienen an das Kreuz von der Mutter, ich binde den Korb mit der Biene ans Kreuz. Dann die Bienen, die kommen, ein Schwarm, deine Drohnen, besuchen das Kreuz von der Mutter, das braun wird und dann zu leben beginnt.

Und sie ist stark, denn sie rührt sich nicht unter den Bienen, wie ich, auf den Fotos. Todglücklich.

Wenn du bei mir bist, der gemeinsame Weg. Jeden Tag. Unser Ausflug ins Glück.

Mein Vater, es tut nicht mehr weh, meine Sammlung ist groß.

Das Sammeln der Falter, in Amlach, damit fing es an. Die getöteten Falter, im Sommer, um die Farben im Winter zu sehen. Ein Falter bleibt schön auch im Tod.

Für den Winter der Farben habe ich Vitrinen gehabt. Im Sommer getötet, ich habe im Sommer den Tod aufgespießt und im Winter die Farben gemalt. Dann habe ich die Menschenvitrinen gebaut, den Geruchschrank, mit dir fing ich an.

Und dann, in Althofen, die Betten, da habe ich die Menschenvitrinen gefunden, dort habe ich die Farben zu sammeln begonnen, die Farbe der Alten, Gelbbraun.

Ich habe ihre Körper zu meinen Figuren gemacht und sie auf Zeit vor der Erde bewahrt. Mit diesen Figuren spiele ich Schach gegen den Tod, doch der Tod ist durch das Schweigen gedeckt, ich verliere, die Figuren, die müssen vom Bett, wachsen nach, müssen weg, aus den Sterbevitrinen heraus. In die Gräbervitrinen. In die Farbe der Blumen.

Der Friedhofsgeruch in dem Blumengeschäft. Alles Dellach, die Amlacher Toten.

Der Gedanke an dich und der Totstellreflex, den er auslöst.

Das Blatt, das du warst, wird eine Nadel, im Bett, du wirst sehen. An der Kälte vernadelt das Blatt, du fällst ab, in die Sterbevitrine hinein.

Diese Angst vor der Feuerbestattung im Heim. Das Kreuz deiner Asche auf meiner Stirn.

Ich habe sie verbrannt, in Althofen werden die meisten verbrannt, eingeäschert, zur Asche erwärmt werden die. Da kommt einem richtig das Blut, sage ich dir, du wirst sehen. Denn ich werde dich wärmen, mein Vater, du kommst dann zu mir in mein Feuer und richtest dich auf, du wirst sehen, und verbeugst dich vor mir in dem Feuer, glühst auf, wie wir damals, erinnerst du dich, wie wir glühten, am Hof, und im Sommer. Im Winter, da haben die Schweine geglüht, in dem Schnee, da kommt einem richtig das Blut, sagtest du.

In Althofen, da blüht man sich kahl, du wirst sehen, in Althofen verkalkt dir das Blut in dem Feuer, du richtest dich auf, beugst dich vor, wie die andern, hier ist man's gewohnt, ich schaue zu, und brichst ein, in dich ein, es ist immer dasselbe, ich habe es bei den anderen gesehen. Die richten sich auf und verbeugen sich aschig, die Haare, die Schere vom Feuer, der letzte Friseur, du wirst schön.

Und dabei doch immer die fixe Idee von den schönen Gefühlen. Das hat nur der Rock von der Mutter gemacht, sage ich dir.

Das Daheimsein der Hände, bei ihr. Zu zweit war das schöne Gefühl.

So bin ich doch immer wieder ins Leben zurück, eine Zeit.

Eine Frau. Meine erste. Maria. Ein Kind. Ich war acht. In der Schule. Sie hatte die herrlichsten Beine im Dorf, und die gingen mit mir. Mit dem Kofler. Zur Drau.

Dort haben wir Steine gesucht und die Glätte der Steine verglichen. Die Maria, die hatte die Glätte der Steine. Hinter der Kirchtür, beim hinteren Eingang, am Sonntag, in Amlach, wir atmeten hinter der Tür. Diese Tür war die Presse der Körper, zwischen der Wand und der Tür war die Andacht.

Die Maria hat die Treue der Steine gehabt, der Brandstätter hat sie gefunden. Der Kofler, der Stinker, allein.

Die offenen Furchen vom Wangenpflügen durch deinen Bart. Das Fieberblasenabküssenmüssen der Mutter. Die Kussqualen dann, beim Verwandtenbesuch.

Dann wieder die Hände der Mutter. Das nächste Zuzweit erst in Innsbruck.

Für die Amlacher Mädchen war der Kofler zu klein. In Amlach und in Dellach sind seit jeher alle größer gewesen als ich.

Durch die Macht, die sie hatten, sind die Erwachsenen immer die Großen gewesen, ich bin in mir immer der Kleine geblieben, ihr Großen habt alles gewusst, du warst stark, ich bin auch unter den Kleinen der Schwache gewesen. Das Kind, das ich war, bin ich immer geblieben, nur im Spiegel, nach außen, habe ich euch einzuholen versucht, das gelang, doch in mir bin ich seit jeher der Zwerg, der zu Kleine, der Schweiger, der sich nicht mitzumachen getraute, in Gedanken der Mörder gewesen.

Der verheimlichte Hass bei der Erfüllung der Norm. Das ständig schlechte Gewissen, alles verbrochen zu haben, das Massaker im Kopf und die Angst, dass man es sieht.

So also verkrochen, in den verheimlichten Kopf, in die heimlichen Morde hinein.

Es hat lange gebraucht. Erst in Althofen habe ich die Kinder auch in den Augen der Alten gesehen, in der Angst. Erst dort bin ich endlich gewachsen, da sind sie zu mir auf die kindliche Größe herunter geschrumpft. In die Höhe der Augen.

Das schlechte Gewissen der Dinge, wenn was passierte damit, und die einmal Handlanger waren. Die verlogenen Großvaterflaschen, im Schrank. Ich trinke dich schön, hast du der Mutter gesagt. Die erste Spritze, im Heim, die einen nicht weg ließ vom Bett.

Der schuldige Strick um den Balken der Mutter.

Dann die Zeit bei den Huren, danach. Und die Angst vor der Krankheit, danach, jedes Mal. Die Untersuchungen, und die Enttäuschung, noch einmal davongekommen zu sein.

Bei dir habe ich mich angesteckt an der Sucht, einen Grund für den Selbstmord in diesem Körper zu finden.

Meine Frauen sind Krankheiten oder sind meine Angst vor der Krankheit gewesen. Ins Leben kam ich so nicht.

Ich habe einer Frau zu gehören versucht. Unter dir habe ich jemandem gehört.

In Amlach fragten sie nicht nach dem Namen, es hieß: Wem gehörst du? Dem Kofler, habe ich gesagt.

Nach dir habe ich keinem gehört. So habe ich mir jemand gesucht. Eine Frau.

Das Gefühl in dem Bauch, wenn es gelang. Und ich habe wem gehört. Eine Zeit. Irgendwann ist durch dich jede Frau meine Mutter geworden, du hast mich zum Sohn meiner Frauen gemacht. Dann fort. Um nicht wieder die Stricke vergraben zu müssen.

Mein Frauensuchen ist ständig zu einem Frauenzurechtstutzen geworden, wie damals, bei dir, beim Friseur. Unter der Schere ist so ein Kopf zu dem Kopf meiner Mutter geworden. Das war schön, eine Zeit. Und dann aus.

Ich bin immer wieder in eine Beziehung gekrochen, in der schon wer war, und ich störte. Wie damals, bei dir, in dem Bett. Zwischen eure Körper gepfercht habe ich dort eure Trennung ins Bett uriniert und dich so aus dem Bett von der Mutter gebracht.

Ich bin ständig der Dritte gewesen, oder bin es geworden. Je nachdem.

Und dann doch eine Frau, dann kam Vera. Ich habe sie zum Bauchgrab gemacht. Davon später.

Schwester Vera. Althofen, Frauenstation. Ihre Körper sind Frauen gewesen.

Die gemeinsamen Gänge der Anstalt, die Wege zum Park, hinterm Rollstuhl. Der Friedhof, das Waschen. Man war nicht allein.

Die behütete Kindheit. Klagenfurt, Annaplatz 3, dritter Stock, keine Tiere. Sie war nicht ans Sterben gewöhnt. Das war gut. Eine andere Welt, die es bisher nicht gab. Das Daheim in der Welt, die es nicht gab, in der Welt ihrer Eltern, das hat gut getan.

Das Daheimsein der Hände, meine Amlacher Welt der Geschwüre, die aufbrach. Die Heilung vom

Kofler. Keine Haarschneiderei, keine Mutter. Nur Vera. Das hat gut getan.

Die Spaziergänge dann. Eine Hand in der Hand, keinen Rollstuhl.

Eine neue Geschichte, auch meine. Keine Vorstrafen mehr. Oder kaum.

Das Allesdaserstemalhören, das Allesdaserstemalspüren. Ich habe zu jemandem gehört.

Das gemeinsame Dienächtedurchstehen, bei den Körpern, die geteilte Erschöpfung. Halbiert.

Es war wieder Leben im Fleisch.

Sie hat fotografiert. Sie hat mir die Bilder der Kindheit vergrößert. Die Hölle, vergrößert, schwarzweiß.

Ihre Bilder in Farbe. Dann die Fotos von uns, Selbstauslöser, zu zweit. Meine Augen sind braun.

Die Eifersucht von den Patienten. Das nötige Unglück. Ihre Geschichten sind Lügen geworden, alles vorher ist eine einzige Lüge gewesen.

Ich habe Vera geglaubt, habe es können. Sie hat keine Toten gebraucht, und ich habe keine Körper gebraucht. Eine Zeit.

Nach einem Sterben, im Heim, nach einer Nässe vom Waschen, die Hand, beim Spaziergang, daheim.

Keine Albträume mehr, keine heimlichen Morde. Keine Besuche bei dir. Oder kaum.

Das gemeinsame Ende der Wege. Althofen, Jagdgasse 9. Eine Tür, nur wir beide dahinter, ein Schlüssel, und ich, eine Frau. Keine Krankheit.

Und dann doch, dann ein Kind in dem Bauch von der Vera, ich habe sie zum Bauchgrab gemacht. Das wuchs, und ich Vater, ich, Kofler, der Sohn seines Vaters. Ich hätte einen Täter gebraucht, und sie hat mir das Opfer gemacht. Ich habe meine Grenzen gebraucht, ich habe in ihr meine Grenzen gesucht, wie weit kann ich gehen, doch sie hat mich zu sich in ihre Grenzen geholt, ich bin einmarschiert und habe sie zum Brachland gemacht.

Mein Revier ist sie geworden, ich habe sie zu jagen begonnen.

Und das Kind, der Urin zwischen uns, und ich Vater, ich konnte das nicht, und sie hat das gespürt, war für mich.

Eine Nadel macht keine Geburt. Sie hat es versucht. Es kam durch. Eine Tochter.

Das schöne Leben, für mich ist es eine Lüge gewesen. Ich habe nicht gelebt. In der Zeit. Keine Tode, die habe ich gebraucht. Ich habe meine Grenzen geliebt und ich habe das nötige Unglück zum Leben gebraucht, nur kein Kind, und sie hat mir die Grenzen genommen, so ist sie mein Tatort geworden.

Sie war nicht ans eigene Sterben gewöhnt, das war gut. Sie war weg. Doch nicht ganz.

Eine neue Adresse. Getrennt. Aber Althofen. Die weiter gemeinsamen Gänge zu zweit. Auch zu dritt.

So habe ich beides gehabt. Ich bin nicht der Sohn meiner Vera geworden. Ich bin nicht mein Vater geworden. In Wirklichkeit bin ja doch ich meine Lüge gewesen, in Wirklichkeit geht es auch ohne die Toten.

Für mich nicht.

Doch es geht.

Das Kind ist gewachsen. Verena. Kniehöhe, Brusthöhe, in den aufrechten Gang, in die aufrechte Haltung hinein. In die Höhe der Augen herauf.

Das Kind ist sein eigener Rücken geworden. Neben mir, durch die Trennung, durch Vera.

Und die Bilder von ihr. Klare Augen. Die Welt, die es gibt. Mit dem Lachen im Mund.

Kein Liebesvollzug. Keine Toten.

Jetzt zu dir. Du bist wach, bist noch einmal gekommen. Die Spritze. Ich habe dich geholt. Du hast mich gehört.

Du kommst mir nicht aus.

Eine Art Glück

Eine Ursache suchen,
für alles, und dabei doch immer
nur einen Schuldigen suchen.

Und dann da und geliebt und verachtet und alles um mich herum immer gehasst, falsche Welt, keine Macht über sie, ausgeliefert, und daher von Anfang an mich gehasst und verachtet, gequält und als Opfer studiert, ich war stark, gegen mich, mir kam ich nicht aus, für die anderen war ich nicht da, stilles Kind, nur bei mir war ich mächtig, da habe ich regiert und geherrscht und mich ließ ich nicht aus, keine Schonung.

Jeden Tag eine neue Tortur, abgeschaut von den anderen, zuerst vom Vater, vom Hass meiner Mutter.

Der mag uns nicht, hieß es, das stimmte, die Zangen der Hände vergesse ich ihr nicht. Ich habe sie bestraft dafür, dass sie mich austrug, ich habe das Bestrafen gelernt, und mich habe ich getötet damit, dass ich mich an ihr rächte.

Jeden Tag eine andere Bosheit, in eine andere Krankheit hinein. Kinderkrankheiten, sagte der Arzt über mir zu ihr in mein Gitterbett hinein, in dem ich mich eine Zeit bis ins Ersticken hinein strafte. Diphterie, hieß es dann, und die Spritzen, die heilen das weg.

Und totgestellt, alles, kein Laut mehr, die Krankheit, vergittert, kein Atem mehr, eine Zeit, das war schön. Dann wieder die Köpfe, am Gitter, ich habe sie von innen gesehen, aus meinem Käfig heraus, durch die Stäbe, und habe die Luft angehalten, und habe sie so in ihrem Käfig gesehen, in der Angst.

Angst um mich, spürte ich, und die Spritzen, ich habe mich gewehrt. Und wieder gesund. Stilles Kind.

Und totgestellt, einmal, auf dem Klo, etwas später, zuvor den Schlüssel im Schloss umgedreht.

Ein Ausflug, Geburtstag, am See. Mein Geburtstag, der fünfte, hieß es, dort hat man gefeiert, am Steg, ich war nicht erwünscht und ging weg, auf das Klo, und habe mich dort auf die Fliesen gelegt, das war kühl. Und war fort, eine Zeit, nicht allein, ganz bei mir.

Ich höre nur das Klopfen, das Schlagen der Hände vom Vater, die Tür, die er eintritt, das Schreien der Mutter. Was tut der uns an, sein Geburtstag, dann so was, dieses Kind bringt uns um.

Das höre ich, von weit, durch die Tür, durch das Schlagen hindurch, tut nicht weh, rühre mich nicht, bin ganz steif, kühle Fliesen.

Jetzt seid ihr bald tot, denke ich, denn ich bringe euch ja um, sagt ihr mir. Wie lange muss man liegen, bis ein anderer stirbt, ich liege noch nicht lange genug, ich bin noch nicht steif.

Dann nimmt mich der Vater am Kopf, wie so oft, Zangengriff, sagen die Ärzte, das hilft, und es half. Und die Schläge, dann wacht er bald auf, höre ich ihn, er hat Recht, ich bin wieder gesund.

Das Gitterbett vergesse ich ihr nicht, meiner Mutter.

Dort habt ihr mich den Verwandten und allen im Dorf in meinem Käfig gezeigt. Gitterbett. Ausgestellt, diese Krankheit, an der sie angeblich zerbrachen, das Kind, das hinter den Stäben das Atmen verweigert.

Mit Absicht, sagt dann der Finger der Mutter, das tut er uns an. Und ich, ja, mit Absicht, auch Absicht, das Tier, hinter den Stäben, im Märchen.

Der Böse ist der, den sie fressen. Ich habe nichts mehr gegessen. Atemnot. Essangst. Der Mund blieb dann zu und wurde vom Doktor geöffnet. Wenn der kam, um das Tier zu betrachten, die Hand kam zu mir durch die Stäbe und wollte den Hals, der zurückwich. Einmal kamen der Arzt und der Vater, zwei Köpfe, vier Hände kamen zu mir in das Bett und eine Nadel, so fing man mich ein. Und ich aß.

Über dem Gitterbett Vögel, der Himmel des Vaters, ausgestopft, über mir.

Diese Jahre im Zoo meiner Eltern, ich selber im Gatter.

Der Vater war Jäger und hat sich, was er gewollt hat, genommen, eingefangen, getötet, der hat die Trophäen gebraucht. Meine Mutter hat sie gehasst, alles Tote verachtet, der Vater hat das geliebt und gebraucht.

Er war Arzt und hat sich seit jeher geweigert, den Sohn zu behandeln, den rühre ich nicht an, sagte er. Das war gut.

Der falsche Beruf, hat er immer gesagt. So hat er sich in die Welt seiner ausgestopften Tiere geflüchtet.

Alles, was du jemals gehabt hast, mein Vater, hast du erst abtöten müssen, und ausstopfen lassen. Freiwillig lief dir nichts zu. Du hast eine Kugel gebraucht, dass dir was zukam, das lebte. Das hat dann, getötet, mit mir in meinem Zimmer gelebt.

Du warst bei den Toten daheim. Zahm wird doch alles erst, wenn es tot ist, sagte er. Und hat die Vögel gestreichelt im Zimmer, die er aus ihrem Leben zu sich geholt hat. Die haben mich gern, sagte er, die laufen nicht weg, man muss sie nur richtig behandeln.

Der war bei den Toten daheim. Das Tote, die Toten behandelt man gut, und die hat man sicher. Ein Kreuz, und die Blumen, so hat man sie lieb und man kann sie besuchen. Die laufen nicht weg, sagte er, was tot ist, das hat sehr viel Zeit, und es wartet auf dich, bis du kommst.

Ich habe unter dem Himmel der Toten gelebt, unter dir, bei den Vögeln, da konnte ich fliegen. Wir liefen nicht fort, und du hast uns gestreichelt, wir haben gewartet auf dich. Was tot ist, hat Zeit und das wartet auf dich, bis du kommst, und ich habe gewartet, im Bett, jeden Tag, bis du kommst und mich streichelst, ein Tier in dem Himmel, bei dir, hinter Gitter, und konnte nicht fort. Wer nicht fortkann, muss warten. Das habe ich gekonnt.

Du hast Geschichten erzählt, ich habe zugehört, war ein Teil der Geschichte, war wichtig, da konnte ich laufen, im Traum der Geschichten, da kam ich dir aus, eine Zeit. Da war ich dann nicht mehr im Bett, hatte Atem, das Laufen war schön. Du hast mich geliebt.

Die Mutter hat immer schon alles, was lahmte, gehasst, wollte weg, konnte nicht, dann kam ich.

Du hast sie mit mir ausgestopft, eine Zeit. Dadurch zähmst du sie dir, dachtest du, hattest Recht, denn durch mich hast du sie dir gefügig gemacht. Mit dem, was dann kam, was ich war, hast du sie dir in deinen Himmel gezähmt.

Meine Mutter, die wollte nichts Lahmes, die wollte dich nicht, und nur weg. Und dann kam ich. Sie wollte das nicht, und das habe ich gespürt. Ich war da, musste raus. Und die Zange, die Schande. War da, keine Beine, ein Krüppel, ein Scheusal.

Der läuft mir nicht fort, dachtest du.

Dann raus, stilles Kind, ohne Atem, und blau. Vielleicht stirbt das noch ab, sagte sie. Was keine Beine hat, braucht keinen Atem, was musstest du kommen, sagte sie.

Und ich wollte nicht raus. So hat man die Mutter gerettet vor mir, und du hast sie dir in deinen Himmel geholt. Dir lief man nicht fort.

Was es war, eine stille Geburt, sagten sie, ich habe nicht geschrien. Das stimmt nicht.

Ich habe geschrien, nur eben nicht hörbar, nach innen hinein, in die Höhle hinein, aus der man mich zog. Eine stille Geburt.

Ein ganz stiller Tod, sage ich. Und geschrien, nur eben nicht in die Zange hinein, die mich holte. Die Schnur liegt um den Hals, hat man der Mutter gesagt, als sie die Zange nicht wollte.

Meine Mutter, dich hat schon gestört, dass man mich mit der Zange herausholen musste aus dir, mein erster Fehler, dir peinlich, ein Vorfall. Sie hat sich geschämt, dass ich kam, wie ich kam.

Man hat dich aus mir exhumiert, sagte sie, du wolltest nicht raus. Eine Schande.

Die Zange, ich habe gespürt, wie die reinkam zu mir und gedrückt hat, die hat mich geholt. Ich kam dann ans Licht, so bin ich zum Vorschein gekommen.

Eine Zange, die hat was für sich, die ist stark und die passt sich dir an, deinem Kopf, bis er dann will und heraus muss aus diesem Loch, das nun zu klein war für ihn.

Dort bin ich gewachsen, ein Kopf, der dort einmal daheim war, vielleicht, und auf einmal zu groß war für die Haut dieser Welt. Erste Häutung. Und kam heraus, von den Zangen begrüßt.

Man hat mich geholt, um die Mutter zu retten vor mir, ich war da und ich habe geschrien, eine Zange war freundlich, ich habe nach innen geschrien, ich war da.

Die Haut, hinter mir, nach der Häutung, die Mutter, die habe ich nicht mehr gewollt. Stilles Kind. Sollte schreien. Ich habe es nicht getan. Dann die Schläge, und blau, in den Kasten, dort habe ich das Atmen gelernt. Die Haut von der Mutter, die ist dann geschrumpft, ausgetrocknet, die ist dann verdorrt.

Ich war in dem Kasten daheim.

Ich wollte die Milch nicht, hieß es. Die Mutterhaut hat keine gehabt, keine Milch, nicht einen Tropfen. Ich hätte nichts gewollt.

Ihr Körper ist meine erste Erde gewesen, da war ich daheim, glaube ich.

Und dann immer noch da und gewachsen, zu Atem gekommen. Der Krüppel hat Laufen gelernt. Da hat man ein Gitter gebraucht.

Meine Finger sind länger geworden, die Hände sind Füße geworden, ich kam dann heraus aus dem Bett. Erst am Boden entlang, eine Zeit, dann die

Treppe, hinauf und herab, auf den Händen, herunter, und wieder ins Gitter hinein.

Wenn Besuch kam, aus meinem Gatter heraus und die Treppe hinauf und gezeigt, was ich kann.

Die Bewunderung, der kann laufen, der Paul.

Ich habe gefragt, ob die mir noch wachsen, die Beine.

Die Mutter sagt ja, wenn du isst, sagt sie mir, die wachsen dir noch, sagt sie dann.

Ich habe gegessen.

Sie ist heruntergekniet, und wir haben gebetet, wir haben den Vater im Himmel um Beine gebeten, ich habe mir die Haut aufgeschlitzt an den Stummeln, dass sie herauswachsen können, die Beine, die müssen heraus aus der Haut.

Ich habe mir vom Christkind zwei Beine gewünscht. Dann Weihnachten, endlich, wir haben gebetet, ich habe gegessen, ich habe auf der Treppe geübt.

Der Vater im Himmel hat keine gehabt. Keine Beine. Diesmal noch nicht, sagtet ihr mir.

Keine Beine, und dann will er laufen, schrie sie, sei du froh, dass du lebst. Ich bin froh, denn ich weiß jetzt, ich lebe, ich bin noch nicht tot. Das Totsein, das muss etwas anderes sein. Noch viel schlimmer. Was tot ist, das geht nicht, sagte sie, das atmet nicht mehr. Ich habe den Tod ausprobiert, was tot ist, das atmet nicht mehr. Keine Luft, das habe ich gekonnt, in den Anfällen war ich daheim, glaube ich, konnte gehen.

Eine Spritze, mein Vater hat mich wieder geholt, ich war da.

Der ist gut für den Himmel, habe ich die Mutter gehört. An den Himmel habe ich nicht mehr geglaubt.

Atemübungen, Tode, für mich. Das Atmen macht frei, sagte er mir, du wirst sehen.

Ich liege. Und wenn Besuch kommt, keine Treppen mehr, Paul.

Die Augen, am Gitter, die Mutter. Das schlechte Gewissen des Dienens, so etwas aufbringen müssen wie mich.

Und eines Tages, kein Gitter mehr. Ich bin hinter der Schamwand, im Zimmer, daheim. Sie haben mich nicht mehr gezeigt.

Einzelhaft. Fieber. Ein Spiegel. So gewöhnt er sich an seinen Anblick, sagte sie.

Sie gewöhnte sich nicht. Doch ich war nicht mehr allein. Der Paul in dem Spiegel war ich, und auch nicht.

Der hat auch keine Beine, sagte sie.

Das erste Mal, dass ich mich sah. Das bin ich. So sehen wir dich, sagtet ihr mir. Du musst dich gewöhnen daran. Das bist du.

Abgesperrt, mit dem Paul in dem Spiegel allein, mit den Tieren, versteckt, keiner durfte mich sehen. Ihr habt mich ins Zimmer gesargt, ich war aus der Welt.

Und so war ich bei mir. Ich gewöhnte mich nicht.

So sind die anderen wichtig geworden für mich, die Stimmen, die zu uns kamen, am Abend, die Mutter hat sie geholt, jeden Tag. Litaneien, der Pfarrer, die Nachbarn. Gebete, so trieb man mich aus.

Letzte Ölung, drei Mal. Vielleicht stirbt das jetzt ab, beten sie, und ich ständig im Zimmer, im Bett, vor dem Spiegel, lebendig, nicht tot, aufgebahrt. Für den Herrn. Er nimmt ihn zu sich, beten sie, doch der wollte mich nicht.

Keine Ölungen mehr, es half alles nichts gegen mich. Abbitte und Hass, jeden Tag, wenn sie gingen. Dann bekam ich zu essen, die Tür ging dann zu, und ich aß.

Ich war stark und ich ließ sie nicht aus, ein Anfall, der nächste. Mit jeder Atemnot bin ich stärker geworden, mit jeder Ölung gesund.

Mich wird man nicht los, wusste ich, das machte stark und das machte mich sicher. So habe ich mich langsam gewöhnt an den Paul, der ich war.

Ablehnung und Hass. In jedem Besucher habe ich euch alle gehasst. Umgebracht nur im Kopf. Gehasst auch nach außen, und es gezeigt. Aufbegehrt. Bis der Besuch schließlich ging, und ich war allein, ich war übrig.

Aufbegehrt gegen mich und alle um mich herum immer gehasst und stellvertretend für sie immer alles verachtet an mir, nach außen hin die anderen verachtet, nach innen hinein mich, das Scheusal, das der Grund war für das alles.

Nach außen, für euch, bin ich der Grund eures Scheiterns gewesen, die Ursache für eure Ängste war ich und der Grund für den Hass, für den Ekel der Mutter, des Vaters, der Grund für die Schande.

Wer hat denn gesündigt, hat sich die Mutter gefragt, und ich habe das gehört, wer hat denn die Schuld an dem Krüppel, ich habe sie gehört und nicht gewusst, wer die Schuld daran hat. Das hat sie gefragt, ein paar Jahre, durch die Stäbe vom Gitter hinein in mein Bett hat sie ständig gefragt, wer die Schuld hat an mir.

Mich hat sie gefragt und sich selbst. Und den Vater. Den Pfarrer. Warum gehst du nicht fort, sagte sie. Warum gehe ich nicht fort, dachte ich, denke ich immer noch, warum geht es nicht fort mit mir selbst.

Das Handauflegen vom Pfarrer. Die Ölungen. Nach den Ölungen legte er mir seine Hand auf den Kopf. Die Gebete, Strafen für mich.

Sich abfinden, hieß es, der stirbt nicht, der Paul. Man rechnete nicht mehr damit. Ich war stärker als sie und als alle Gebete. Und habe nicht gewusst, wie sie selbst, warum war ich stärker. Wofür.

Wie kann so etwas leben, was tut der uns an.

Und ihr mir.

Und die Fragen, bei ihnen, im Kopf. Wie kann er das alles ertragen, und wenn schon der Körper nicht stirbt, wie kommt so etwas durch, das verstanden sie nicht. Wie ich selbst. Wie kommt so etwas durch, denke ich, immer noch.

Überlebt, sagtet ihr, nach einem Anfall, er hat überlebt. Ich habe mich lebendig gestellt. War tot, aber lebte. Überlebt, nach einer Angst, einem Fieber, aus der Starre heraus überlebt. Ins Leben kam ich so nicht.

Er hat überlebt, und das hieß, wir sind wieder gestorben, wir haben schon wieder versagt. Sich abfinden, war das Wort von dem Pfarrer, jetzt stirbt er nicht mehr.

Sie finden sich ab, dachte ich. Und ich selbst, womit abfinden, habe ich gedacht. Und wofür.

Mich in mich hinein abfinden, hieß das bei mir, in die neuen Wörter hinein.

Denn in mir war ich nie *amputiert*, nicht *behindert*, in mir war ich immer ganz. Ich habe keine Beine gehabt, also habe ich keine gebraucht. Die brauchte ich erst mit der Zeit. Im Vergleich mit den anderen, mit euch.

Ich hätte keine Beine gebraucht, denn sonst hätte ich welche gehabt. Erst im Vergleich damit, dass der Paul keine hat, keine Beine, habe ich keine gehabt. Doch in mir, für mich selbst, habe ich keine gebraucht. Nur wegen euch, im Vergleich, durch den Schrecken, die Angst, durch das Mitleid, den Ekel vor mir, habe ich welche gebraucht. Da fing es an, denke ich.

Irgendwann habe ich alle zu meinen Beinen gemacht.

Erst seid ihr, im Bett, meine Hände gewesen. Die sind dann gewachsen, so habe ich Hände gehabt. Dann seid ihr die Füße geworden, die Beine, ihr habt mich getragen. Wie einen Aussatz. Ich bin euer Aussatz gewesen.

Überallhin habt ihr mich so mit euch herumgetragen, ich habe keine Beine gebraucht. Ich bin mit euch gegangen, mich wird man nicht los.

Ich habe euch zu meinen Beinen gemacht. So habe ich euch amputiert. Ich habe mir genommen, was ich brauchte an euch. Eure Beine. Das Gehen. Das Lachen. Alles habe ich mir geholt, in das Bett, in mein Liegen hinein. So habe ich Freude gehabt mit mir selbst.

Ich habe keine Beine gebraucht, doch ihr sagtet, es fehlt etwas an mir. Ich habe euch geglaubt. So seid ihr zu meinen Beinen geworden. Ihr beide habt alles gehabt, was man braucht, dachtet ihr. Und noch mehr, ihr habt mich gehabt. Und mich wird man nicht los, auf der Haut und im Kopf, da half alles Ablenken nichts.

Das Haus. Ihr wart fort, wart nie da. Jeder Hunger war eine Todesangst, die hungern mich aus, dachte ich.

Ihr wart fort. Der Vater hat die Klinik, hat seine Patienten gehabt. Bei der Mutter wusste ich nicht, was die hatte. Ich wurde nur munter und wusste, ihr beide seid fort. Doch ich merkte, ihr kommt ja zurück, ihr kommt wieder her. Ihr kommt mir nicht aus, wusste ich.

Nur weg. Von dem Haus, von daheim, von dem Bett, hat die Mutter gesagt. Doch das hat nichts genutzt, denn jedes Kind, das du sahst, war immer nur ich, weiß ich jetzt. Jedes Kind, und gesund, hat meinen Makel gehabt.

Das Laufen der Kinder im Park vor deinen Augen war immer mein Liegen im Bett, jedes Lachen war ich, war dein Weinen. Jede Gesundheit an einem anderen Kind ist für dich meine Krankheit gewesen.

Ich habe mich von anderen ernährt, musste essen, sonst komme ich nicht auf, merkte ich. So seid ihr dann mager geworden, durch mich, und verkrüppelt. Geschrumpft. Und ich wuchs.

Ich habe mich von Totem ernährt, von den Vögeln, vom Vater, im Zimmer. Ich hatte nur Totes um mich, so habe ich das Tote zum Leben gebraucht, ich habe nichts anderes gehabt. Ich habe mich lebendig gestellt.

Weil ich selber nicht lebte, habe ich das Sterben der anderen betrachtet, da lebte ich auf. Ich hatte zu tun. Fremde Tode, da war ich bei mir. Wie stirbt so ein Mensch, das habe ich studiert.

Jeder Unfall von einem anderen ist immer mein Unfall gewesen, jede Krankheit war meine. Einen Menschen, der nicht irgendwie ich war, hat es für mich nie gegeben, nur mich. Wenn einer im Glück war, war er meine Angst davor, dass es aufhört damit. Jedes Unglück ist immer mein Unglück gewesen, das Mitleid mein Mitleid mit dem eigenen Zustand.

Kein anderer hat für mich je existiert, konnte nicht, neben mir. Ich kam nicht heraus aus der Haut. Von dem Paul. Ich habe das Unglück der anderen gesammelt, vereint, jedes Sterben ist meines gewesen, jeder Tote ich selbst. Jedes Leiden ist immer nur Stichwort für das eigene Leiden gewesen.

Gegen mich kam ich nicht an, ich war stark, ich war immer nur ich. So habe ich euch alle für das eigene Leben genutzt. So seid ihr mir nützlich gewesen, so hattet ihr Sinn.

Ich hatte Verwendung. Für euch.

Und ihr hattet Verwendung für mich, ihr habt mich als Krüppel gebraucht. Ich habe euch den

Krüppel gemacht, nur für euch bin ich einer gewesen. Ihr habt mich als Krüppel gebraucht und so bin ich einer gewesen oder wurde zu dem, was ihr wolltet.

Das habt ihr gebraucht, um mich lieben zu können, mich pflegen zu können. So hattet ihr Sinn. Gebraucht habt ihr mich und gepflegt. Wie eine Krankheit, von der man nicht loskommen will. Ich brach aus, immer wieder, in euch, keine Aussicht auf Heilung, da half alles nichts. Mich wird man nicht los.

Ich habe immer mich selbst als den Krüppel gehabt. Was aber haben die anderen, was habt ihr, habe ich gedacht. Was habt ihr gehabt?

Weil ich nach außen, für die anderen, nicht ging, habe ich nach innen zu laufen gelernt, habe ich nach innen die Orte zum Gehen gesucht. Laufen, nach innen, da kenne ich mich aus. Ich fand mich zurecht. Nach außen gelähmt, eine Starre. Ein Tod für die anderen. Nach innen gelebt, wie die anderen, vielleicht, nach innen gelebt und geliebt und geflüchtet, zu mir, da habe ich Orte gehabt und die suchte ich auf. In den Anfällen, da war ich bei mir und da habe ich Beine gehabt, denn da habe ich keine gebraucht.

Nach innen hinein bin ich bei mir, dachte ich, nach innen hinein lebte ich auf, denn da war ich vertraut und da habe ich gewartet auf mich, jeden Tag. Jeder andere hätte gestört, zu mir kam man nicht rein. Vollständiger Rückzug, nach außen, für euch, ich ließ keinen an mich heran. Das habt ihr mit Spritzen zu heilen versucht. Nicht mit den Händen, ihr habt nur die Spritzen gehabt.

Die Wärme vom Vater kam mit dem Saft in die Vene, eure Liebe hat Nadeln gehabt und kam zu mir in das Fleisch, jeden Tag, und holte mich aus mir heraus.

Ihr habt euch in mich hineingeschwemmt, mit jeder Spritze habt ihr mich aus mir herausgeholt. Aus mir heraus, denn für uns alle gab es in mir keinen Platz.

Ich brauchte nur mich. Also Rückzug, zu mir, doch ihr brauchtet mich auch.

Warum holen die mich jeden Tag aus mir heraus, dachte ich, und zu sich, um doch nur wieder zu gehen.

Bei mir, da darf ich nicht sein, merkte ich, ihr braucht mich bei euch. Es war schon genug, wenn ich dalag, offene Augen, das war euch genug. Nur da sein, bei euch.

Eifersucht, dachte ich. Denn in mich hinein habe ich gelebt, in mich hinein habe ich mir, wie ich war, schon genügt, denn da habe ich Freunde gehabt, immer mich, viele Freunde, die haben gewartet auf mich und die suchte ich auf. Mit mir war ich nie allein. Ich habe keinen gehabt. Also mich.

Zuerst nur nach außen, im Spiegel. Das also bin ich. So habe ich mich angefreundet mit mir, und auch nicht, denn ich merkte, das war nicht alles, was ich dort sah, in dem Spiegel. Es war etwas anderes, was sich da rührte in mir.

Der Paul in dem Spiegel war ich. Und auch nicht. Dem gibt man die Spritze, nicht mir, dachte ich.

So zog ich mich in das zurück, was ich war, so lief ich dann in mich hinein, und begriff, für euch beide hat der Paul in dem Spiegel genügt. Der Körper, die Regung nach außen war wichtig, Bewegungen sind für sie wichtig gewesen. Ein Augenaufschlag, und ihr seid glücklich gewesen. Dass ich atmete, hat euch genügt. Und so habe ich geatmet, um Ruhe zu haben vor euch. Wenn ich atme, gehen sie weg von dem Bett, wusste ich. Und also geatmet, Augen auf, zu.

Und ihr seid wieder fort, eine Zeit, ich hatte Ruhe vor euch. Und für mich. Und ich habe mich studiert, lag da, aber lief. Wann habt ihr das jemals getan.

Im Schlaf, dachte ich. Wenn sie schlafen, sind sie bei sich. Doch hat euch keine Spritze geholt.

Das Umziehen. Es half alles nichts. Immer wieder von vorn, von einem Haus in ein anderes Haus, in einen anderen Tod umgezogen. Der hat dort gewartet auf uns. In jedem Zimmer, das ihr mir zugedacht habt, war er schon da, und so wieder von vorn. Denn dadurch, dass ihr mich mitnahmt, beim Umzug, war ich schon dort, wenn wir kamen, ein Zimmer ist meines geworden, das Gitter war immer schon da, wenn ich kam und einzog bei euch. Die Vögel sind immer dieselben geblieben, die Spritzen, das war mir bekannt und vertraut, und die Blicke, die neuen Besucher, mir war das nicht neu. Ihr habt mich gezeigt.

Mit jedem Umzug habe ich euch isoliert, denn mich zeigt man nicht her.

Und dann doch, immer wieder, ihr habt mich gezeigt. Und erklärt. Alles von vorn. Mein Bett ist mein Gitter geblieben, war mein Schacht. Da war ich daheim.

Besuch. Wenn die Nachbarn kamen, habt ihr erklärt und wir haben geteilt. Ich habe mir den Ekel genommen, euch hat man das Mitleid gezollt. Ihr habt erklärt und ich habe funktioniert, ein Anfall, der nächste. Auf Abruf, auch das habe ich gelernt.

Immer wieder das alles vernichtende Denken an die Möglichkeit eines Glücks. Das hat euch zerstört.

Ich habe euch von diesem Irrtum geheilt. Und auch nicht, denn euch gegenüber hat keiner von denen, die kamen, zu klagen gewagt. Mir gegenüber haben alle, bis heute, ganz glücklich getan. Und das hat bedeutet, mir gegenüber und im Vergleich mit dem Paul, sind ihre Leiden zur Harmlosigkeit, in die Nichtigkeit niedergeschrumpft. Auf meine Fragen waren immer alle gesund, alle sind glücklich gewesen.

So ist es allen, im Vergleich mit dem Paul, immer bestens gegangen. Man kann nicht klagen, hörte ich sie.

Sie hatten ja Recht.

So habe ich mein Gutes gehabt. Meine Anwesenheit, der Gedanke an mich hat genügt, um dankbar zu machen für die eigene Lage. Die Erwähnung meines Namens hat für das Wissen genügt, verschont worden zu sein, nicht an meiner Stelle zu sein. Nur ich bin an meiner Stelle gewesen. Nur ich blieb nicht verschont vor dem Paul, wussten sie. Und deshalb war alles um mich herum immer gesund, wenn ich fragte. Keine Krankheit, kein Sterben. Und glücklich, verglichen mit mir.

Nie hat mich einer gefragt, wie es mir ging. Nur einmal, ein Kind, im Vorzimmer von einem Arzt, hat seine Mutter gefragt, ob die Stummel denn wehtun. Und glaubte, die wachsen erst zu. Frisch gestutzt, und das hat ja gestimmt. Immer frisch amputiert. Jeden Tag. Und offen das Fleisch. Wenn man hinsah.

In welcher Erde sind denn mir meine Beine verwest. Der Bauch von der Mutter hat einen Friedhof gehabt. Der Körper der Mutter ist mein erster Friedhof gewesen. Etwas lässt man zurück, wenn man geht. Bei mir sind es die Beine gewesen.

Meine Mutter, du bist mein Friedhof gewesen. In dir bin ich gelegen. Deine Erde im Bauch hat sich um meine Beine bemüht, und die sind dort begraben und gehen dich ab. Immer noch.

Nach außen bin ich für euch nicht gegangen. So gehe ich mich selbst ab in mir. Und in dir, meine Mutter. Meine Beine gehen in dir deinen Bauch ab. Wozu hast du die Beine gebraucht, frage ich dich. Was nützen die dir in dem Bauch.

So kam ich nicht weg, von dir fort.

Der Vater hat sich alles heruntergeholt aus der Luft. Jeden Vogel zur Strecke gebracht. Du warst auf die Beine fixiert. Dir lief man nicht fort. Dir kam man nicht aus. So habe ich, was mir fehlte, bei dir zu finden versucht. Die Beine, das Gehen und alles andere auch.

Der Grund dafür, ich, vielleicht du. Wir beide vielleicht, eine Sinnlosigkeit, eine Machtlosigkeit gegen alles.

Und jetzt seid ihr tot. Das war ich.

Ein Baum, höre ich. Und ein Auto. Zwei Körper.

So seid ihr zwei Dinge geworden. Wenn ihr es seid. Wenn es stimmt. Ich soll kommen, sagt man. Sie holen mich ab. Zu euch. Sie fahren mich hin. Ich soll ihnen sagen, die Körper seid ihr. Ich soll euch erkennen, soll sagen, das sind meine Eltern.

Ich fahre nicht hin.

Ohne mich warst du nur die Frau Doktor. Doch durch mich warst du die mit dem Kind. So bist du ein Engel geworden.

Wie diese Frau das erträgt, die ist stark. Wie sie das aushält, ich könnte das nicht. Ich habe sie gehört, in dem Kasten, im Einkaufskorb, in dem du mich abgestellt hast im Geschäft.

Und du hast mich ertragen, warst stark. Du hast mich gezeigt. Wie sie dazu steht, zu dem Krüppel, und was da wohl noch auf sie zukommt, wenn er größer wird. Die Probleme mit so einem Kind nehmen ja zu, sagten sie.

Und ihre Blicke sind dann durch die Regale, zwischen den Dosen versteckt, auf mich herabgekommen.

Die Stimmen habe ich gehört und dich habe ich gesehen, wie du das alles gehört hast, kein Wort ist dir entgangen, das hast du gebraucht, du warst stark.

Und wenn ein Kind kam. Für jedes Kind bin ich der erste Krüppel gewesen, die Verwunderung in dem Blick. Es blieb stehen, vor mir, es war immer dasselbe. Blieb stehen. Und schaute. Erschrak und fing an zu schreien. Ich nicht, blieb ganz ruhig. Stilles Kind.

Es war immer dasselbe, eine Mutter kommt dann und flucht und macht sich ein Kreuz auf die Stirn, nimmt das Kind und beschützt es vor mir, trägt es fort.

Und erklärt, schau nicht hin, sagt sie ihm.

Eine Zumutung ist es ja schon, hörte ich. Sie ist tapfer, aber was können wir denn dafür, warum tut sie es nicht in ein Heim, da gehört so etwas hin, in ein Heim. Und sie wäre erlöst.

In kein Heim, hat der Vater zu Hause gesagt. Abschieben, nein. In kein Heim.

Beim Einkaufen, zum ersten Mal Lust auf den eigenen Rollstuhl. Der Einkaufswagen ist der erste Rollstuhl gewesen.

Seit jeher für alles zu klein, für den Rollstuhl zu klein. Für die Beine.

Ich habe gegessen und wuchs.

Und endlich doch groß genug für den Rollstuhl.

Mit mir habt ihr euren Tod inszeniert, öffentlich, vor euch her geschoben, im Dorf, durch die Blicke gezerrt.

Die Kirchgänge, sonntags. Der gemeinsame Weg ins Gebet.

Sie kommt zu mir in das Zimmer, ich werde gewaschen, dann zieht sie mich an. Aufgeputzt, beide. Für den Herrn präpariert, sagt der Vater.

Der Weg in die Kirche. Und nie sind wir pünktlich gewesen. Das hat sie gebraucht, sie hat diesen Auftritt gebraucht und gehabt, jede Woche einmal. Und dann sind wir gekommen, alle anderen waren immer schon da. So haben wir unseren Auftritt gehabt, sie können uns sehen, so hatten sie Mitleid mit ihr.

Die Tür geht auf, ich sitze im Rollstuhl, sie geht hinter mir, aufgerichtet, gebeugt, je nachdem. Wir gehen den Gang ab. Sie schiebt mich durch das Mitleid. Die Blicke der anderen Mütter. Wenn die mich sehen und auf den Kopf ihres eigenen Kindes hinabgehen, die Dankbarkeit der Verschonten.

Wir kommen an, erste Reihe, gut sichtbar, sie setzt sich nicht hin. Kommunion. Alle gehen vorbei, der Pfarrer beugt sich zu meiner Zunge herab.

Und wieder hinaus, als die Letzten, draußen macht man uns Platz. Und sie grüßen. So gehen wir heim.

Einmal, die Beichte. Das Beten der Mutter hatte mich gläubig gemacht. Der Vater und ich, mit der Mutter.

Der Beichtstuhl hat Ohren gehabt, und die Nachbarn im Dorf haben Ohren gehabt. Und wir haben gewartet, vor der Tür, vor dem Beichtstuhl, die Reihe der Sünder. Das Sündenaufsagen der Nachbarn gehört und die Antwort vom Pfarrer, gut hörbar, die Buße, der Dank und die Scham. Die Augen von dem, der herauskam, befreit von sich selbst, von der Sünde. Die anderen haben gelächelt und wissend getan.

Dann der Nächste. In Demut und Reue, die Mutter. Das Sündenaufsagen, und die Angst vor dem Frevel, der kam, denn ich bin ihre Sünde gewesen, der Grund für das schlechte Gewissen, für die schlechten Gedanken.

Dieses Kind ist mein Tod, sagte sie dann, dieses Kind ist die Strafe für was. Und bereut. Sagte, sie bereut den Gedanken. Doch dieses Kind bringt uns um, hörte ich. Dieses Kind ist die Prüfung wofür. Warum sie. Und sie möchte es nicht und kann nicht mehr leben damit.

Er muss weg, sagte sie, er muss fort, in ein Heim.

Aus dem Leben kommt er so nicht, hat der Pfarrer gesagt, auch in einem Heim ist er in deinem Kopf. Auch wenn er tot wäre, bliebe er in deinem Kopf. Dem kommst du nicht aus. Du musst ihn ertragen, dein Kreuz, hörte ich, du musst zu ihm stehen. Wofür, weiß nur Gott, sagte er.

Sie bereut. Und sie wird dazu stehen, sie wird mich ertragen. Sie will ja, nur, sie kann nicht, sagte sie.

Und der Vater hat Ohren gehabt, hat gehört, wie sie weinte, es nützt alles nichts gegen mich.

Sie ist auserwählt, hat der Pfarrer gesagt und hat ihr den Segen erteilt.

Sie sind auserwählt, wusste ich, wussten alle seither, die das hörten. Mit mir lebt man nicht, wusste ich, mich zog man sich zu.

Sie kam heraus aus dem Stuhl und ging weg, in die Buße hinein.

Der Nächste hieß Paul.

Der Beichtstuhl war für den Rollstuhl zu klein, und so trug mich der Vater in meine Sünden hinein. Dort habe ich auf die Stimme vom Pfarrer gewartet.

Ich bin der Paul, sagte ich. Ich bereue. In Demut und Reue bekenne ich vor Gott meine Sünden.

Du hast keine Sünden, sagte er.

Ich bin der Tod von der Mutter, habe ich ihm durch das Gitter gesagt.

Du hast keine Sünden, ich spreche dich frei, sagte er mir, und schob dann das Gitter zurück und nahm meinen Kopf in die Hände. Du hast keine Sünden, du kannst nichts dafür, du brauchst keine Buße.

So war ich in seiner Hand. Der Paul hat kein Recht auf die eigenen Sünden gehabt. Keine Beichte mehr seither. Der Paul war befreit von der Schuld.

Nicht für euch. Denn für euch war ich schuld an dem Paul. Und damit an euch. Und an eurem schlechten Gewissen mir gegenüber. Denn ihr wusstet, dass das nicht stimmte.

Ihr habt mich gebraucht, eine Krankheit habt ihr gebraucht neben euch. Und gehabt.

Immer schon alles von vornherein krank, was uns anging, sterbenskrank, todkrank. Der Vater hat seine Patienten gehabt. Und sein Kind, hatte mich. Die Mutter hat mich und den Vater gehabt.

Immer wieder einen Grund, eine Berechtigung für die eigene Existenz finden müssen. Bei uns ist es die Krankheit gewesen, für euch war das ich, eure Aufgabe bin ich gewesen, die Rechtfertigung für euer Dasein war ich. Und ihr habt mich geliebt.

Mit mir habt ihr alles gehabt, kopfkrank, magenkrank, beinkrank. Mich. So hättet ihr alles zum Leben gehabt, so habe ich alles zum Leben gehabt, was wir brauchten, und habe gelebt. Ihr nicht, sagtet ihr mir.

Und ich habe euch geliebt, wie ihr mich, denn ich habe euch gebraucht. Wo ihr mich durch eure Liebe nicht gehabt haben konntet, habt ihr mich durch die Strafen gehabt. Ich habe euch geliebt. Und gehasst. Immer schon alles, was ich liebte, verachtet, weil ich abhing davon.

Und jetzt seid ihr tot. Ich habe euch die Zeit zu einem Leben genommen, sagt ihr.

Jetzt habt ihr Zeit, euch mit euch zu befassen. Ich falle euch nicht mehr zur Last.

Die Toten, die liegen allein in der Erde, ein jeder für sich, das genügt. So machen die sich nichts mehr vor, brauchen nicht. Die noch leben, die tun das nicht, und tun so, als ob sie noch lebten. Und leben in Wirklichkeit nicht. Denn tot bist du nur, solange du lebst, in Gesellschaft, allein.

Jeder Selbstmordversuch eine Selbstfindung, wenn es gelingt. Jeder Tote eine Beruhigung. Es funktioniert, irgendwann.

Und so den Selbstmord, die Tötung, schon immer, auf alle und jegliche Weise und immer von Neuem versucht. Und immer verzichtet darauf, es wirklich zu tun. Nicht heute. Nicht jetzt, dachte ich. Ich konnte es nicht.

Das habe ich von euch, denn das hätte ja Folgen gehabt, das hätte ja endlich die Folgen gehabt, die ich wollte.

Meine Sterbesehnsucht ist doch immer nur eine Lebensangst, mein Nichtgelebthabenkönnen gewesen. Und daher die Angst, jedes Mal, wenn es mir ernst war damit.

Und immer wieder ein Sinn, eine Zeit, jede Äußerlichkeit einer Hoffnung war mir schon recht, und genügte, um es nicht tun zu müssen.

So ist doch die Welt nicht, hat es seit jeher geheißen. Und doch ist sie so. Meine Welt, sage ich.

Ein neues Leben, jeder Tag ein Versuch, und alles von vorn, in das alte hinein. Ja gesagt, alles gesagt, was man hören wollte, Immer gelogen dabei, und so nicht weitergekommen mit meinen Gedanken, keinen glücklichen Ausgang für meine Geschichte gefunden, als die ich mich sah.

Diesem Gesicht geht es gut, sagten sie, meinten mich, wenn sie mir Mut zusprechen wollten. Und das stimmte, einem Teil von mir ging es ja gut. Dass es dem ganzen Paul gut gehen könnte, stellte sich keiner vor. Und keiner von ihnen hätte gewagt, mir zu sagen, dass es mir gut ging und dass ich zufrieden sein könnte.

Die Unvorstellbarkeit eines Glücks für den Paul.

Etwas muss es doch geben für ihn, auch für ihn. Etwas muss er doch haben, eine Art Glück. Und das stimmte. Eine Art Glück, meine Art, und alles andere auch.

Ihr habt mich versteckt. Ihr habt mich gezeigt. Sonst wusstet ihr nicht, was mit mir tun.

Ihr habt alles probiert. Ihr habt mir Kinder gebracht. Die sind mit ihren Müttern gekommen und haben gestaunt. Ich habe mich daran gewöhnt. Gesellschaft, hieß das, die ich bisher nicht kannte.

Ein neuer Vergleich, der Vergleich mit den anderen Kindern. Ich war anders, doch machte das nichts, mit der Zeit. Ich habe mich daran gewöhnt, so wie sie sich gewöhnten an mich. So gab es auch das. Das Warten darauf, dass ein Kind kommt, und nicht eine Spritze, wie bisher. Ich habe gegessen und habe viel Freude gehabt.

So habe ich auch nach außen Freunde gehabt, wenige, zwei. Und bin auch nach außen gelaufen. Im Kopf. Das hat es gegeben, das Zuzweit und Zudritt, und nicht mehr nur mich.

Geredet wurde nicht viel, denn zuerst haben die nur geschaut und sich gefragt, was mir abging. Ich habe an ihnen gesehen, was mir fehlte.

Ihr Misstrauen vor meinem Körper ließ nach, mit der Zeit, und ich ließ sie heran. Gib dem Paul deine Hand, hat eine Mutter gesagt, und der hat es getan. Die erste Kindshand in meiner Hand, das erste Mal Kindshaut auf meiner Haut. Ohne Ekel. Er zuckte nicht mehr, wenn ich anstieß an ihn.

Ich habe ihm die Stummel gezeigt. Er fragte danach. Tut das nicht weh, fragt er mich.

Das erste Mal, dass ich aufstehen wollte, das erste Mal, dass sie schmerzten. Weil ich mitgehen wollte mit ihm. Er geht von mir weg, jeden Tag, und sieht eine andere Welt, dachte ich. Beim Karl habe ich den Nutzen der Beine gesehen. Man kann weggehen. Man kann wiederkommen. Da habe ich Beine gewollt.

Wenn du Beine willst, musst du fort, hat der Vater gesagt. Jetzt ist es so weit. In ein Heim, ein paar Monate. Ich will fort, sagte ich.

Die Untersuchungen in dem Heim. Und die Körper der anderen Kinder. Für jede Behinderung gab es eine Tortur.

Und die wehren sich nicht, dachte ich. Die stimmen ja ihrer Verhinderung zu und lechzen danach, abgedrängt und dadurch erwürgt, verdrängt und verschwiegen zu werden. Totschweigen alles, sich selbst, vor allem sich selbst, immer wieder sich in sich selbst hinein ableugnen, totschweigen, umbringen damit. Töten.

Und so geht es weiter, das Abschieben ist eine Tötung. In die Heime hinein. Und die Krüppel aus ihrer Umgebung heraus in die Lager hinein, in sich selbst. Und die machen ja mit, denke ich. Aus den Lagern, sie nennen es Heim, aus den Lagern kommen sie nicht mehr heraus. Wollen nicht, sagen sie.

So führt man sie in sich hinein und aus ihrer Umgebung heraus, in die eigenen Körper hinein, zu sich selbst. Und dort lässt man sie laufen, vielleicht, und einige können das ja, einigen geht es ja gut bei sich selbst. Einige brauchen nicht mehr.

So führt man sie in sich hinein, in den eigenen Kopf, in den eigenen Krüppel hinein. Bis sie es glauben, ein Krüppel bist du, steh dazu, auch für dich gibt es Glück. Und einige fühlen sich wohl dabei, einigen geht es dort gut, bei sich selbst, unter anderen Krüppeln, ein Hund unter anderen Hunden. Sie haben Gesellschaft. So braucht man sie nicht zu sehen. Nichts gehört, nichts von ihnen zu sehen.

Man baut doch die Heime für euch. Instrumente, man baut euch Organe, das stimmt. Sie haben mir Beine gemacht.

Einen, den haben sie dort in dem Heim in eine Schlinge gesteckt, jeden Tag, und in der hing er, am Hals, die Spitzen der Füße am Boden, bis zwölf, drei Stunden am Tag, während ich neben ihm mit den Krücken das Gehen probierte.

Streckungen, sagte man dort. Streckungen, sagte er selbst, mit der Zeit.

Andere wurden gestaucht. Deine Gelenke sind überdehnt, sagten sie, wenn einer schrie und nicht aufhören wollte damit. Die Gelenke sind überdehnt, und die stauchen wir jetzt. Du wirst wieder laufen, sagen sie ihm.

Und der will gar nicht gehen, sagte er mir, wollte nie. Alles war immer schon irgendwie überdehnt, meinte er, und er hat sich gewöhnt.

So sind sie gelegen, vier Wochen, in die Gesundheit hinein. Ein Urlaub. Streckverband. Stauchverband. Korrektur, hieß das dort. Hier werdet ihr korrigiert.

Für den Paul hat man zwei Schlingen gehabt. Zwei Ringe, an Schnüren. Man schnallte mich an, hängte mich auf, zwei Prothesen haben am Boden gewartet auf mich, die Öffnung nach oben, für die Stummel bereit, und die steckt man hinein.

Es wird gehen, sagte man, und zwei Krücken, jetzt wirst du bald gehen, und das stimmte. Die Eltern werden sich freuen, sagte man, du wirst gehen.

Und das stimmte, ich ging, von allein. Zwei Prothesen als Beine, zwei Krücken, und die Ringe, die Seile als Halt, ich ging wie von selbst, konnte gehen, war stolz. Und schämte mich für die Marionette, die ich wurde dabei.

Noch nicht reif genug für die Krücken, nicht stark genug, um zu gehen, hieß es auf dem Papier, das man mir mitgab. Nicht stark genug in den Stummeln.

Nicht schwach genug in dem Kopf, sage ich. Doch ich habe geübt, mit dem Karl. Der hat mir geholfen dabei.

Und dann doch. Wieder Weihnachten. Später. Ich habe nicht gebetet, keine Übungen mehr auf der Treppe. Unter dem Christbaum zwei Beine. So pack sie doch aus. Der Vater im Himmel hat mir zwei Beine geschnitzt.

Wie Holz aus dem eigenen Wald, hat der Vater gesagt.

Und in der Nacht noch zum Doktor, der schnallt sie mir an, so habe ich Beine gehabt.

Ich bin dann auf Stelzen gegangen. Die Hose darüber, zwei Krücken, so habe ich Beine gehabt.

Die Zeitrechnung hat sich geändert, jetzt kommen die aufrechten Jahre, das Kriechen hört auf, dachte ich. Bis dahin bin ich gekrochen. Am Boden entlang, aber aufrecht.

Jetzt bin ich auf Stelzen gegangen, ich habe mich gezeigt, ich stolzierte. Der Paul kann ja gehen. Auf meine Stelzen gestellt habe ich meinen Kopf in der Höhe der anderen Köpfe getragen.

Doch die Leute im Dorf waren mich anders gewohnt. Die haben sich für meine Verwandlung geschämt, und weggeschaut, wenn ich kam, um mich nicht fallen zu sehen.

Und die Angst von der Mutter, dass ich stürze, bei den Spaziergängen, zu denen sie mich zwang. Wenn sie glaubte, jetzt falle ich hin, umarmte sie mich. Und hat so getan, als hätte sie sich über den Fortschritt gefreut, den ich machte. Und hat mich umarmt, vor den anderen. In Wirklichkeit fing sie mich auf.

Jede Umarmung ist eine Ermordung gewesen, vor den Augen der anderen. Mit jeder Umarmung, die eine Hilfe sein sollte, hat sie mich von meinen Stelzen heruntergeholt und mich getötet damit, jedes Mal. Die Unmöglichkeit, jemanden glücklich zu machen, ohne ihn zu zerstören.

So bin ich auf meinen Prothesen durch jede Wahrscheinlichkeit eines Sturzes erst recht dieser Krüppel gewesen, als den ich mich kannte.

In mir bin ich immer das Kriechtier geblieben, als das ich mich sah, das ich war. Man war mich als Kriechtier gewohnt, doch ich wollte hinauf mit dem Kopf, in die Höhe der anderen Köpfe hinauf, und wiedergutmachen alles, was ich verbrochen hatte durch mich.

Das habe ich von ihr, denn sie hat alles versucht, mich durch ein anderes Kind wiedergutzumachen.

Die Mutmaßungen im Dorf, meine Mutter habe mich wegmachen wollen, und dabei sei es passiert. Und jetzt hat sie die Folgen zu tragen.

Die Entgegnungen, ihre Erklärungsversuche, wie so etwas entsteht wie der Paul.

So hat sie mich wiedergutmachen wollen. Abbitte leisten, und zeigen, dass sie nichts konnte für mich. Und ständig der Wunsch nach einem anderen Kind, das die Entschuldigung sein sollte für mich.

Der Vater hat sich dagegen gewehrt. Ungeschehen wird er so nicht, meinte er. Ihm habe ich genügt.

Abschieben wollte sie mich. Irgendwohin, sagte sie, und nur fort, weg von hier, von uns weg. Irgendwohin, wo er es besser hat, wo man sich kümmert um ihn.

Aber ihr kümmert euch doch, sage ich. Nicht genug, meinte sie. Du brauchst andere Menschen um dich, du musst lernen, mit dir zu leben und fertig zu werden damit. Du musst in Gesellschaft. Das hieß, ich sollte zu anderen Krüppeln. Und fertig werden damit.

Da gehe ich nicht hin, sagte ich, ich bleibe hier. Ich blieb ihr erhalten. Sie konnte sich kümmern um mich.

Und abgelehnt alles, was nicht immer schon irgendwie tot war. Wie der Vater. So habe ich die Liebe zum Vater entdeckt.

Der kam heim und hat mir von seinen Patienten erzählt. Ich habe ihn nach seinen Patienten gefragt, die Krankheiten sind für mich wichtig gewesen.

Ich habe gefragt, was die haben, worunter sie litten, jede Krankheit hat eine Geschichte gehabt.

Die Besuche bei meinem Vater, ich habe das Gehen geübt, jeden Tag, und habe den Vater besucht. In der Klinik. Dort hat er mir seine Geschichten gezeigt, ich kannte sie alle. Da habe ich Gesellschaft gehabt, die Patienten hatten mich gern, und wenn ich nicht kam, fragten sie nach. Ich ging ihnen ab. Das hat gut getan. Ich habe ihnen zugehört, denn das habe ich gekonnt. Und sie hatten Gesellschaft, wie ich.

Du kannst einmal da sein für sie, hat der Vater gesagt, du wirst einmal da sein für solche wie dich, und besser als ich es je konnte.

Ich war immer nur da für mich selbst. Und er war da für einen wie ihn. Er war für mich da, das vergesse ich nicht.

In Wirklichkeit hat auch er mich benutzt, und in mir seine eigene Lähmung zu heilen versucht. So hatte ich immerhin einen Sinn, und existierte. Für ihn. Ich habe ein Leben gehabt.

Eigentlich bin ich froh, dass du bist, wie du bist, hat er gesagt. Dir laufe ich nicht fort, dachte ich. Und das hat er gemeint. Der läuft mir nicht fort, und braucht einen wie mich.

Einen Menschen haben. Einen Menschen haben, das genügt, sagte er. Und das stimmte. Er hat mich gehabt. Wie ich ihn.

Und er hat mich verstanden, das habe ich gespürt. Bei den Vögeln, im Zimmer, damit fing es an, damals habe ich das Tote zu lieben begonnen. Abtöten alles, um es für immer zu haben. Dass es nicht weglaufen kann. Wie die Mutter.

Die wollte ein anderes Glück, ohne uns, wollte fort, von uns weg. Und war fort, eine Zeit. Bis zur Scheidung.

Dann kam sie zurück. Wir haben gewartet auf sie. Uns lief man nicht fort.

Nach uns hätte sie keinen gefunden, mit dem sie mich hätte wieder gut machen können. Mich wird man nicht los.

Die Gerüchte, die Angst von den Männern im Dorf, ich könnte mich wiederholen in ihr. Und so kam sie zurück. Ich hätte mich nicht wiederholt.

Die Spaziergänge mit meinem Vater. Das Hochwasser, damals, die einstürzende Brücke. Der Fluss. Die Nachmittage an seinem Ufer.

Ich habe keine Beine gebraucht. Ich habe einen Vater gehabt. Ich war froh, dass er war, wie er war. Wie er ihn liebt, habe ich die Leute gehört, die uns sahen. Wie er sich aufgibt für ihn. Auch mit ihm stimmt etwas nicht, hieß es dann. Kein Wunder, bei so einem Kind.

Ich habe zu sprechen begonnen, mit ihm, denn ich habe ihm vertraut. So habe ich Sätze für einen anderen gehabt. Und geredet, nach außen, nicht mehr nur für mich selbst.

Eine späte Geburt, aber doch. Jahre später, viel später. Zu spät, dachte ich. So mit zwölf. Nachgeholt, vieles. Geredet. Und zugehört. Ich habe einen Menschen gehabt.

Dieser Mensch war behindert, wie ich. Doch wusste das keiner. Er hat die Patienten gepflegt und geheilt, und war doch behindert wie ich. Er hat Beine gehabt und alles Übrige auch. Er hat alles gehabt, was man brauchte, einen Namen hat er gehabt, ein guter Arzt ist er gewesen. Er hat alles gehabt, was für ein Leben genügt.

Und doch habe ich ihn vor den anderen nie lächeln gesehen. Das habe ich von ihm. Ich habe ihn ja in meinem Gesicht, ich habe seine Züge getragen. Nach außen, da sind wir uns gleich. Ganz der Vater, hat wegen der Beine keiner zu sagen gewagt. So haben sie sich beim Vergleich zwischen uns auf den Vergleich der Gesichter beschränkt.

Doch in Wirklichkeit haben uns beiden die Beine gefehlt, wussten wir.

Nur war ich besser dran, denn ich spielte von vornherein niemandem etwas vor, konnte nicht. Ich war eindeutig Paul.

Und er war der Vater, der Arzt. Alles Mögliche ist er gewesen, nur nicht er selbst. Und hat alles verheimlicht, was ihn ausgemacht hat. Alles, was er je dargestellt hat, für die anderen, auch für mich, eine Zeit, bis ich draufkam und er das alles erzählte, du bist für mich da, und besser, als ich es je konnte, hat er gesagt. Alles, was er je dargestellt hat für die anderen, ist nicht mein Vater gewesen.

Ein Schauspieler ist er gewesen, wenn es darum ging, in einer anderen Haut einen möglichen Sinn für den eigenen Körper, für den eigenen Kopf zu suchen. Das habe ich von ihm. Seit jeher der Wunsch, einen anderen Kopf, einen anderen Körper zu haben. Immer wieder der Neid auf den Körper von einem anderen. Und jedes Mal der Gedanke, sich sofort umbringen zu müssen, wenn man so wäre wie der.

Er hat alles verheimlicht, was ihn je ausgemacht hat. Auch sich selbst, denke ich.

Wir haben uns alles erzählt, was wir waren, im Kopf. Er hat sich verheimlicht, nach außen, gelogen hat er. Das habe ich nicht nötig gehabt. Denn dadurch, dass ich war, wie ich war, ist alles, was ich jemals begann, von vornherein immer schon abgestorben gewesen. Und das habe ich gezeigt. Und auch nicht.

Man muss tief grüßen, hat der Vater gesagt. Und dankbar sein. Immer. Das habe ich gehasst. Und doch habe auch ich mich verheimlicht. Wenn ich jemanden ermordet habe, im Kopf, habe ich ihn gleichzeitig freundlich gegrüßt.

Du musst ja mit ihnen leben, sagte er. Und das stimmte, er hatte ja Recht.

Jede Beziehung ist immer auch eine Vereinsamung gewesen. Mit jedem neuen Menschen bin ich einsamer geworden, immer tiefer in mich hinein, sagte er. Ich habe Gesellschaft gehabt, in Wirklichkeit hatte ich keine. Ich bin doch das gleiche Scheusal wie alle anderen gewesen, hat er gesagt.

Und das habe ich verstanden. Jeder Gruß ist ein Selbstmord gewesen, eine Verleugnung. Für mich.

Die Wahrheit vom Paul hätte keiner ertragen, auch der Vater nicht, denn es ist auch seine gewesen. Und so habe ich ständig alles verleugnet in mir, und gelogen, denn ich war angewiesen auf alle um mich. Keinen um mich herum habe ich jemals ertragen, und in Wirklichkeit mich nicht ertragen in mir. Und so immer wieder von vorn, weg von den anderen, hinein in mich selbst. Und dort habe ich mich gehasst, denn mir selbst, wie ich in mir steckte, kam ich nicht aus. Ich habe mich gekannt, ich habe viele Freunde gehabt. Immer, im Kopf.

Doch der Paul hat sie alle gehasst. Und so immer wieder von vorn und von Neuem der Kampf gegen den Paul, den man hasste. Und den keiner hasste wie ich. Denn die anderen kannten mich nicht, die hatten ja keinen Zugang zu mir. Sie sahen den Paul. Nur ich habe mich seit jeher gekannt, oder lernte mich kennen.

Kennen gelernt in dem Krüppel in mir, der ich war, und der immer sein wollte wie alle anderen. Nur, die anderen hat es für mich nie gegeben, und also war ich immer nur ich.

Ich habe den Hass gebraucht und die Verachtung, die man gegen mich hatte, die ich gegen mich hatte. Ausgeführt habe diese Verachtung ja immer nur ich. Immer mich in mich selbst hinein gehasst und verachtet.

Aber Schuldige gesucht, immer und überall einen Schuldigen für die eigene Verachtung gesucht und gefunden. Die Mutter, den Vater, mich selbst. Alles Lügen. Und so immer mich selbst in mich hinein gelogen, für alles eine Erklärung gesucht und gefunden. Abgeschaut habe ich das von den anderen, um mich, und so immer die anderen vorgefunden in mir. Um mich selbst zu verstehen, habe ich immer die anderen gebraucht.

Weil ich ja nie einer war, der sich Paul nennen konnte. Bis heute weiß ich ja nicht, was das ist.

Der einzige Grund, den Paul zu ertragen, war diese Neugierde auf mich selbst, dieses Vielleicht finde ich das noch, was ich bin. Diese Neugierde hat genügt. Eine Ausrede, die ich nie glaubte, genügte mir schon. Jedes vermeintliche Glück eine Täuschung, eine Ablenkung von mir selbst, was immer das ist.

Es gibt keine Schuld von den anderen, von irgendwem. Schuld bist du immer nur selbst. Das habe ich beim Vater gesehen. Keine Ausreden mehr. Der Vater war schuld und die Mutter. Die Stelzen. Die Krücken. Das Fehlen der Beine. Das alles war schuld. Nur ich nicht. Glaubte ich.

Das ist meine Lüge gewesen.

Was ist es, das einen zerstört, sagte er, und womit fängt es an.

Eine Ursache suchen, für alles, und dabei doch immer nur einen Schuldigen suchen.

Diese Sehnsucht danach, auf meinen Stelzen zu gehen und einer von ihnen zu sein. Von dem Augenblick an, ab dem es gelang und an dem ich zu Sicherheit kam, habe ich gesehen, jede Angleichung an den Zustand der anderen, an den Zustand mit Beinen, ist meine Tötung gewesen.

Ich bin zu einem von ihnen geworden damit, ein Paul bin ich geworden. Zwar bin ich immer der Paul mit den Krücken geblieben, aber durch meine Beine bin ich einer von ihnen geworden und habe mich aufgegeben damit, ein anderer bin ich geworden, nicht ich. Doch habe ich das erst mit den Beinen, auf meinen Stelzen, gemerkt. In der Höhe der Köpfe der anderen habe ich meine Verleugnung erkannt.

Wann wird man zu dem, was man ist, hat der Vater gesagt. Ich glaubte, mit den Beinen werde ich Paul.

Eingebläut, eingeredet, dann selber gesagt. Ich habe für diese Lüge gelebt.

Wie die Leute im Dorf ihre Sonntagskleider habe ich meine Stelzen getragen. Und habe das Gehen gelernt. Von da an habe ich es nicht mehr nötig gehabt. Auch das ist es nicht, wusste ich.

Diese Angst davor, einen Menschen zu finden, weil es das Sterben erschwert, sagte er.

Er hat diesen Menschen gefunden und konnte da sein für ihn. Und besser, als ich das je konnte. Er war für mich da. Das hat ihm das Leben erschwert.

Er war für mich da, und die Mutter war für mich da. Als sie zurückkam zu uns, in Demut und Reue, sie hat mich bedient. Unterwürfig ist sie geworden. Ganz klein. Das war neu und das hat mich gequält. Sie hat wieder gut machen wollen, und diesmal an mir. Ihr Paul bin ich plötzlich gewesen, sie hat nur noch von mir gesprochen, meine Fortschritte hat sie gelobt. Ich bin stolz auf dich, sagte sie.

Wir gehören zusammen, denn du bist mein Blut, hat sie einmal gesagt. Mein Kind bist du, nicht das von dem Vater. Und mir die Fotos gezeigt, die ich lange schon kannte. Die abgeschnittenen Ränder der Fotos habe ich gekannt.

Hartheim, hat sie gesagt. Du bist alt genug. Die Fotos, jetzt können wir reden, jetzt wirst du verstehen.

Der abgeschnittene Teil von den Fotos ist ihr Onkel gewesen, sagt sie, und hat mir den abgeschnittenen Teil von den Fotos gezeigt.

Abgeben wollte sie mich, und hatte doch immer wieder die Angst, mich zu verlieren dabei. Abschieben wollte sie mich, wegschneiden, wie ihren Onkel, aus den Fotos heraus.

Man hat ihn geholt, sagte sie. Warum ist er nicht auf den Fotos, habe ich gefragt.

Er ist dort gestorben. Behindert ist er gewesen, nicht wie du, sagt sie mir. Behindert im Kopf. Man hat ihn nach Hartheim geholt, und dort ist er gestorben, umgebracht haben sie ihn.

Umgebracht habt ihr ihn, denke ich. Abgegeben, verschickt, und mit der Schere das Vergessen geübt. Und das ist gelungen.

Vergessen mussten wir ihn, sagte sie. Er war weg. Man hat mich gemieden in dem Dorf, wo ich herkam, dort haben es alle gewusst. Man hat sie gemieden. Dass es sich nicht wiederholt.

Zweimal verlobt, und doch wieder getrennt, wegen ihm. Nur dein Vater nicht, sagte sie mir, dem war das egal.

Auch ihn wollte man abbringen von mir, doch ihm machte das nichts, der hat mich geliebt.

Diese Familie ist krank, hat es geheißen. Man weiß, dass es sich wiederholt. Nur dein Vater hat mich trotz allem gewollt.

So haben wir diese Krankheit verschwiegen, sagte sie.

Der Onkel war tot, und damit auch die Krankheit, hat sie gedacht, und abgeschnitten alles, was war, auf den Fotos, im Kopf, und alles, was noch kommen sollte.

Doch wusste sie nicht, dass der Vater sie ausgesucht hat, weil er einen wollte wie mich. So hat er sie durch mich ständig an ihre Krankheit erinnert. Der von ihr weggeschnittene Teil auf den Fotos bin ich gewesen.

Mich schnitt man nicht weg, den gibst du nicht ab, sagte er.

Mein Blut bist du, sagte sie mir. Und das hat nicht gestimmt. Oder doch. Sie hat mich im Blut. So wie er mich im Kopf hat, habe ich gedacht.

Alle, von denen man abhing, im Dorf, sind ja immer nur einige gewesen. Wenige. Und es waren doch alle, wenn man mit ihnen nicht auskam.

Die Schule, die Kirche, das Mitleid, der Hass. Wie sollte man umgehen mit mir. Wenn man so tat, als wäre ich einer wie sie, wusste ich, dass es eine Anstrengung war, so zu tun, und also gelogen.

Recht machen konnte man es mir nicht.

In jeder Annäherung habe ich immer eine Lüge gesehen. Etwas schneiden sie weg, im Kopf, dachte ich, wenn sie so tun, als wäre ich einer wie sie. Eine andere Absicht wie damals beim Onkel der Mutter, eine Gutmütigkeit, eine Hilfe, der Ekel vielleicht, das Nichtumgehenkönnen mit mir. Aber doch eine Verleugnung.

Eine Abtötung war es für mich, eine Lüge, mir ins Gesicht gesagt, wenn man so tat, als gäbe es mich nicht, wie ich bin. Weil man mir dadurch das Recht nahm, der Krüppel zu sein, der ich nie sein wollte, nie war, aber eben doch war.

Das Wegleugnen, dass ich war, wie ich war, half also nichts und war falsch. Und als Krüppel gesehen zu werden, habe ich gehasst. Was also tun mit dem Paul.

Einmal die Möglichkeit haben, einmal. Verkrüppelt, idiotisch, egal, aber immerhin einmal das Kriechen probieren, wenigstens einmal die Möglichkeit haben, ausgeliefert zu sein, und sich dagegen zu wehren, abgedrängt und versteckt, gehasst und gejagt, und sich dagegen zu wehren. Keine Beine, gehen lernen. Aufstehen. Um es nicht nötig zu haben. Aufstehen, gehen, für was auch immer. Jede Sinnlosigkeit war mir recht, mich dagegen zu wehren. Jeder Tote, jeder zu Tode Gepflegte eine Bestärkung, es nicht geschehen zu lassen an mir.

Man darf sie nicht aufkommen lassen, heißt es, schon im Bauch nicht. Denn selber tun sie es nicht. Welcher Idiot hat sich je umgebracht, habe ich gehört.

Daher machen es die anderen an ihm und nehmen es ihm ab, denke ich.

Ich war resistent, mir halfen sie nicht bis zum Tod, immer nur bis knapp davor, bis an die Grenze haben sie mich geführt. Irgendwann wird er es tun, wussten sie. Irgendwann sind wir ihn los.

Hartheim, so vergisst man sie schnell. Eine gute Adresse für solche wie mich.

Immer schon hat es einen gebraucht, der einen holt. Nach Hartheim ging keiner von selbst. Einige wollen ja hin, einige Krüppel, und einige andere auch. Nur hingehen will keiner. Hinschicken will einen keiner persönlich.

Hartheim war eine gute Adresse für solche wie mich. Vergessen, wegschneiden, auf den Fotos, im Kopf, aus der Welt schneiden, umbringen, aus.

Hundertachtzig. Er hat es getan. Unkenntlich seid ihr geworden. Er hat seinen Frieden gemacht. Unkenntlich, heißt es. Verstümmelt. Hinter sich gebracht alles, auch mich.

Ihr habt mich gehabt, und doch habe ich euch nicht genügt. Wie oft wird er geübt haben, frage ich mich, und studiert alles, im Kopf.

Beim ersten Mal muss es klappen, höre ich sie sagen im Dorf. Das erste Mal ist es ein Fest. Wenn es gelingt. Schon der zweite Versuch ist die Hölle.

Mein Vater hat es getan. Hundertachtzig. Und hat seinen Frieden gemacht, sich selbst und die Mutter von den Fotos heruntergeschnitten damit. Man wird ihn bedauern. So jung. Und die Frau. Die haben nichts Gutes gehabt.

Er hat alles heruntergeholt aus der Luft, zu sich in sein Zimmer geholt. Jetzt hat er sich selber beruhigt. Und die Mutter.

Jeder Tote ist der vorweggenommene eigene Tod, hat er gesagt, jeder, mit dem du dich einlässt, eine Ablenkung von dir selbst, dass man sich auskommt, auf Zeit.

Jeden Tag, auf dem Weg in die Schule, im Auto, habe ich gelacht. Ausgelacht habe ich ihn. Wir kommen zu spät, sagte ich. Wenn du nicht schneller fährst, komme ich zu spät.

Du kommst nicht zu spät, mit mir wirst du nie einen Unfall haben, hat er gesagt. Ich habe gelacht. Nicht gewusst, dass es der Alkohol war, der ihn bremste.

Und jetzt hundertachtzig. Nicht betrunken. Beim ersten Mal muss es klappen, hat er gewusst.

Und dabei doch immer die Sucht danach, dass es nie aufhört, dass es nicht aufhören soll, sagte er. Denn eigentlich ist es ja schön. Und es bleibt ja nichts, wie es ist.

Noch einmal hat sich alles verändert, was war. Das erste Mal, mit der Mutter, beim Gewaschenwerden, damals, dieses neue Gefühl, das ich bisher nicht kannte. Das erste Mal habe ich die Mutter mit anderen Augen gesehen und sie ganz anders gespürt, und wusste nicht, was es war. Eine neue Krankheit, habe ich gedacht. Und erschrak, aber nahm ihre Hand und habe sie an mir heruntergeführt, das hat gut getan.

Der Schweiß von der Mutter, die Angst. Eine neue Krankheit, habe ich gewusst.

Ich ließ sie nicht los, denn das Gefühl war ein schönes Gefühl. Ihre Hand, und der Schweiß ihrer Haut, meine Mutter hat anders gerochen als bisher, die Jahre davor.

Nicht geatmet dabei und beide ganz still, ich habe ihre Augen gesehen und ihre Hand zu mir in das Wasser geführt, und die hat sich verkrampft, dass es schmerzte. Das hat gut getan.

Ein neues Gefühl für den Paul, eine Welt, die es bisher nicht gab, eine Krankheit, ein neues Verbrechen, habe ich gewusst. Seit damals hat sie mich nicht mehr berührt.

So fing es an, mit der Mutter, im Bad. Eine neue Tortur.

An das Fehlen der Beine hatte man sich gewöhnt. Auch der Paul. Sie hatten mir Kinder gebracht, und ich habe Gesellschaft gehabt, ich habe mich an sie gewöhnt. Aber jetzt, von da an, ließ man kein Mädchen mehr an mich heran. Die Mutter hat es jetzt nicht mehr gewollt.

Der Karl hat mir ein Mädchen gebracht. Auf den Spaziergängen hat er mir seine Schwester gezeigt und sie zu mir in den Rollstuhl gesetzt.

Sie hat nichts dagegen gehabt, und ich habe sie studiert und ausprobiert, alles, an ihr, was mir der Karl von den Mädchen erzählte.

Die Anna hat Beine gehabt. Und zwei Hände. Das hat gut getan.

Jeden Tag, nach der Schule, der Weg mit dem Karl und dem Mädchen ins Glück.

Bis zu dem Anruf der Eltern vom Karl. Was hat er ihr angetan, hat es geheißen.

Nichts, sagte ich.

Dann wird sich die Anna erinnern, hat ihre Mutter gesagt. Und die hat sich erinnert. Ich habe gehört, was ich ihr angetan habe.

Unglücklich habe ich sie gemacht. Und ihr Leben zerstört. So etwas vergisst ein Kind nicht, hat ihre Mutter gesagt. Und das stimmte. Das habe ich gehofft. Das wird sie nicht los, meinte sie. Die Anna habe ich nicht mehr gesehen.

Es wird eine geben für dich, irgendwann, später, hat mir die Mutter gesagt. Irgendwo wartet ein nettes behindertes Mädchen auf dich, so wie du jetzt hier wartest auf sie.

Ich wollte das nicht, ich habe immer nur Menschen mit Beinen geliebt. Keine Beine, das wollte ich nicht.

Mein Zustand ist für die Mutter immer nur ihre Krankheit gewesen, die mit dem Onkel begann. Nur konnte man mich nicht vergessen wie ihn.

Du bist krank, doch es wird etwas geben für dich, sagte sie. Und das hat nicht gestimmt, doch sie hat mich zu heilen versucht. Ein nettes behindertes Mädchen wird meine Heilung sein, hat sie gedacht. Ich habe immer nur Menschen mit Beinen gewollt.

Jede Lust hat für mich keine Lust haben dürfen bedeutet. Keine Frau, die nicht die Beine verschränkt hätte, wenn sie mich sah. Die schützende Hand an der Bluse. Vor dem Kino, vor den Plakaten, nackte Brüste, und der Paul in dem Rollstuhl.

Der wird das schon brauchen, der hat ja sonst nichts, hörte ich.

Und tat so, als ob ich nicht hingeschaut hätte, als ob ich das alles nicht brauchte. Ich habe es gebraucht. Und weggeschaut, immer, am Zeitungsstand, vor den Kinos, im Bad.

Was werden sie denken, habe ich gedacht, was denken die sich, wenn sie mich sehen. Und tat so, als ob ich es eilig hätte, und bin vorbeigerollt an jeder Lust, die ich hatte.

Jede Bekanntschaft mit einem Mädchen war immer nur eine Bekanntschaft auf Zeit. Die Einladungen haben sich nicht wiederholt. Oder kaum.

Das erste Mal war ich gern gesehen, man hat Interesse gezeigt. Jedes weitere Mal habe ich die Angst von den Eltern gespürt. Dass das Mädchen sich einlassen könnte mit mir.

Was, wenn er es falsch versteht und sich Hoffnungen macht, haben die Eltern der Mädchen gesagt. Angst um das eigene Kind, dass es sich nicht wiederholt. Dass man sich isolierte mit mir. So hat jede Einladung mit der Zeit eine Ausladung bedeutet. Damit er sich keine Hoffnungen macht. Man musste sich schützen vor mir.

Jahre später. Der Weg mit dem Karl in die Stadt. Eine Frau suchen, hat er gesagt, und das hieß, eine Hure.

Ich habe ihn so lange gebeten darum, bis er es tat. Da wirst du nicht glücklich dabei, sagte er, du wirst sehen.

Aber doch, einmal will ich es haben. Und zahlen dafür.

So fuhren wir dann in die Stadt. Da habe ich schon nicht mehr gewollt, hatte Angst. Der Rollstuhl, ich habe es jetzt nicht mehr gewollt.

Doch der Karl sagt, jetzt machst du dich glücklich. Einmal. Dass du es nicht mehr nötig hast.

In dem Zimmer haben die Frauen gewartet. Auf den Karl, nicht auf mich. Den stellst du hier ab und holst ihn dir wieder, danach, höre ich.

Ich wollte nicht mehr, doch der Karl zeigt auf mich, und sie weigern sich, es zu glauben.

So viel kann der gar nicht bezahlen, dass der Ekel weggeht davon.

Eine sagt, ich soll kommen.

Dann ist sie hinter die Scheibe gegangen, ich habe geschaut. Sie zog sich aus. Und hat sich hinter der Scheibe befriedigt, vor mir. Und tat so, als ob sie Lust dabei hätte. Und hat weggeschaut und gestöhnt. Ich habe sie gehört und mich geschämt, hingeschaut und mich geschämt.

Bist du bald fertig, fragt sie.

Ich bin fertig, habe ich gesagt.

Dann zieht sie sich an. Ich will zahlen.

Du brauchst nicht zu zahlen, sagt sie. Aber komm nicht mehr vorbei.

Ich wäre nicht mehr gekommen. Ich habe kein Recht auf die Sünden gehabt. Der Paul war befreit von der Lust.

Jeder Tote ist der vorweggenommene eigene Tod. Mit dem Karl fing es an. Die Eifersucht seiner Freundin auf mich. Der Karl ist der erste Tote gewesen.

Nach unserem Gang ins Bordell. Sie ist mit ihm gekommen.

Steh du auf deinen eigenen Beinen, sagt sie. Der Karl hat jetzt mich, und ich würde mich schämen.

Ich habe mich geschämt, jede Möglichkeit mich zu schämen habe ich immer genutzt.

Du behinderst ihn nur, sagte sie mir. Und das stimmte. Behindert sein hieß für mich immer, du behinderst die anderen. Und das habe ich getan.

Keine Antwort, ich rührte mich nicht, konnte nicht. Wie der Karl, der nichts sagte, kein Wort.

Ihm zuliebe bin ich gestorben, jeden Tag, bei den Übungen, wenn ich nicht aufstehen konnte.

Tu es für mich, hat er immer gesagt. Und ich habe es getan.

Ihm zuliebe konnte ich gehen, ihm zuliebe habe ich gelebt.

Von da an nicht mehr. Nicht mehr für ihn. Für mich selbst. *Mein Paul*, das war ich. Ich gehörte von da an mir selbst.

Am nächsten Tag ein Brief an den Paul. Es ist nicht mehr, was es war, habe ich gelesen. Dein Karl.

Von da an gehörte ich nur mehr mir selbst.

Der Gedanke daran, an die Freunde, die keine mehr sind, und die dich besuchen, im Kopf, wenn du nicht schlafen kannst. Und sind vielleicht noch am Leben, einige leben ja noch. Der Gedanke daran, dass sie tot sind, für dich, weil du kein gemeinsames Leben mehr mit ihnen hast, und sie in Wirklichkeit leben. Und ihnen nicht sagen können, dass man sie geliebt hat, verachtet vielleicht.

Der Briefkontakt mit den behinderten Mädchen. Damit fing es an. Die Mutter hat mir die Adressen gebracht. Und sich etwas versprochen davon.

Ich habe sie getröstet, das habe ich gekonnt. Und gelesen, wie sie ihre Behinderung beschrieben, indem sie sie wegamputierten im Brief. Die schrieben nicht, was ihnen fehlte, die schrieben mir, was sie tun konnten, trotzdem. Was sie trotz allem fähig waren zu tun. Was sie dabei verschwiegen, ist ihre Behinderung gewesen. Jede Leistung, von der sie mir schrieben, hat eine versteckte Behinderung bedeutet. Sie haben mir Bilder geschickt. Und das hieß für mich *spastisch, mit dem Fuß gemalt,* hat das geheißen.

Kein Foto. Das wollten sie nicht. Wenn ich sie fragte danach, haben sie mir, wenn ihnen die Beine fehlten, Fotos von lachenden Köpfen geschickt.

Ich habe ihnen die Stummel geschickt, auf den Fotos. Dann war Schluss, jedes Mal.

Eine Geschmacklosigkeit, was du da tust, hat die Mutter gesagt. So wirst du nie eine kriegen.

Dein Geschmack bin ich, sagte ich, dein Blut. Denn du hast mich gemacht.

Die Briefe der Mädchen, wenn es darum ging, einen zu finden. Ein Auto sollte der haben, gutartig sollte er sein. Nicht zu sehr behindert. Nicht pflegebedürftig. Einen Pfleger wollte man haben, eine Amme, die einen liebt, und der die Krankheit nichts ausgemacht hätte.

Ich habe kein Auto gehabt und habe nur Menschen mit Beinen gewollt. Und habe in den Briefen immer nur davon erzählt, was mir fehlte. Nie erwähnt, was ich konnte.

Ich habe ja immer schon alles großartig gemacht. Im Vergleich mit dem Krüppel, der ich für alle um mich herum war. Beim Gehen fing es an, mit dem Kriechen, die Treppen hinauf und herab, der kann gehen, der Paul.

Im Vergleich mit dem Krüppel habe ich immer alles großartig gemacht. Stark bin ich gewesen. Wie er das schafft, und wenn man bedenkt, sagten sie.

Für die anderen hörte meine Behinderung nicht bei den Beinen auf. Keine Beine haben hat für viele im Dorf auch keinen Kopf haben bedeutet. Doch den habe ich gehabt.

In der Schule. Der muss in ein Heim, hieß es dort, der kommt ja nicht mit. Doch hat mich die Schule gerettet. Die Bücher, da bin ich munter geworden, da brauchte man einen Kopf, nicht nur Hände und Beine, wie bisher.

Das Lesen, die Bücher, so hat man doch Freunde gehabt. Immer Bücher, und in der Schule war ich der Kopf. Und damit noch einmal isoliert.

Das wird er schon brauchen, der hat ja sonst nichts.

Abgetrennt von den anderen und in der Welt meiner Bücher daheim. Das Lesen, die Bücher vom Vater, da war ich daheim.

Jeder, mit dem du dich einlässt, ist eine Isolation. Einen lässt du an dich heran und alle anderen sperrst du aus damit, und du bist isoliert, sagte er. Abgesperrt, aber zu zweit. Immerhin.

Abgegrenzt bin ich auch in mir selbst. Ich habe keinen gehabt und daher keinen gebraucht, es ist wie mit den Beinen gewesen.

Einen Menschen haben, und diesen Menschen mit allem und jedem und immer von neuem betrügen, hat er gesagt, mit sich selbst.

Bei jedem anderen kannst du das eigene Sterben betrachten. Wenn du nahe genug herankommst an ihn. Jeder, mit dem du dich einlässt, bedeutet irgendwann einen Toten, jede Freundschaft wird eine Leiche. Und du bleibst übrig. Bis es dann so weit ist und du es ihnen nachmachst. Und selbst eine wirst.

Und das hat er getan, er ist eine Leiche geworden. Für mich.

Behindert sind die, die es nicht tun, denke ich. Und daher umbringen, alles, sich selbst, jeden Tag, durch die anderen, wenn man es schon selber nicht kann.

Selbstmitleid, Hass, den Gedanken daran nicht ertragen, und die Handlung, das Töten, schon gar nicht.

Bei einem anderen tut es einem nicht weh. Einer ist weg, heißt es dann, es wird einer kommen für ihn. Und was tot ist, hat ja ein Leben gehabt.

Er hat es jetzt überstanden, werden sie sagen, und mich meinen damit, mich überstanden und hinter sich gebracht, alles, er hat seinen Frieden gefunden.

Er hat seinen Krieg gehabt, gegen sich, sage ich, gegen alle. Jetzt hat er Frieden gemacht.

Wieder einmal ist er nicht eingestanden für sich und hat sich verheimlicht. Und dadurch die Lüge, die er immer schon war, vor sich und den anderen entschuldigt.

Den Selbstmord zu einem Unfall gemacht.

Nicht betrunken und also ein Unfall, eingeschlafen vielleicht, auf dem Weg zu einem Patienten vielleicht, wird es heißen.

Man muss tief grüßen. Dankbar sein. Immer. Man muss ja mit ihnen leben.

So hat er den Selbstmord zu einem Unfall gemacht. Um mich vor ihnen zu schützen. Vielleicht. Denn einen Grund, einen Schuldigen hat es seit jeher gebraucht, wusste er. Dieses Unrecht, sagen sie, dass so einer stirbt, und so früh. Und ein Paul überlebt.

Rücksicht hat er immer genommen und sich verleugnet dadurch, bis in den Tod hinein sich selbst abgewürgt und vor ihnen versteckt. Und immer hat es einen gegeben, für den er es tat. Für sich selbst, in Wirklichkeit für sich selbst, doch nach außen hin für die anderen. Und diesmal für mich. Dass keiner die Schuld sucht bei mir.

Doch das nützt nichts, eine vergebliche Lüge, denn sie werden sich fragen, warum hundertachtzig, warum nicht betrunken, so hat ihn doch keiner gekannt.

Einen Grund wird man suchen und einen Schuldigen finden. So einer muss sterben, so jung. Und die Frau. Und so ein anderer lebt. Ich werde mich rechtfertigen müssen und es wieder nicht können.

Sie werden mich holen, damit fängt es an. Sie werden mich hinbringen und mich fragen, ob ihr es seid. Meine Eltern. Ob ihr das wart, ich soll sagen, das seid ihr gewesen. Sie fragen. Und sagen damit, das warst du, du hast das getan, gib es zu, der Grund für das alles bist du, bist du schon immer gewesen. Und haben ja Recht. Denn mit mir lebt man nicht, mich zieht man sich zu und stirbt ab.

Und ich selbst, immer tot, eine Leiche, ein Gestank für die anderen und für mich selbst, auf der Suche nach einem, der die Schuld hat für mich. Und nichts gefunden dabei, keinen gefunden, der die Schuld hat an mir, und keine Erklärung, die standhielt. Denn eine Erklärung ist noch nie eine Ursache gewesen.

Alle um mich herum haben mich mir zu erklären versucht. Und mir nicht geholfen dabei, weil jede Erklärung nur eine Beschwichtigung war. Wofür, dachte ich. Für mich selbst. Dass er sich aushält in sich, dachten sie.

Sie haben mir meinen Zustand erklärt und mich beschwichtigt dabei. Mich abzulenken versucht von mir selbst, indem sie mir sagten, was ich alles tun könnte, trotzdem, oder gerade deshalb, weil ich war, wie ich war. Und jede Beschwichtigung ist eine Tötung gewesen für mich, keine Erklärung hat etwas genutzt, denn du lebst nicht für eine Erklärung, wenn du die Ursache bist.

Alle um mich herum haben zu erklären versucht, und ich hing davon ab, ihnen zu glauben und auf sie angewiesen zu sein.

Sie haben immer von meinen Beinen geredet dabei, doch in Wirklichkeit fehlt es woanders, habe ich gespürt. Und wusste nicht, wo. Die Eltern haben erklärt und die Ärzte haben mich mir zu deuten versucht. Und die Bücher.

Die Verkrüppelung, das Fehlen der Beine hat alles bedingt, dachten sie, und das habe ich geglaubt.

Doch in Wahrheit ist das Fehlen der Beine nur der Vorwand für die wirkliche Behinderung gewesen. Jeder Erklärungsversuch war immer nur ein Erklärungsversuch für die Verkrüppelung und nicht für mich. Das Fehlen der Beine wurde erklärt und begründet. Aber die Beine geben doch auch keinen Sinn, das habe ich beim Vater gesehen.

Wie oft habe ich sie und mich selbst meine Geschichte aufsagen gehört.

Ich habe gewusst, dass es nicht meine war.

Sie haben immer nur von den Beinen gesprochen. Denn so wusste man, was mir fehlte. Glaubten sie. Und das stimmte, sie hatten ja Recht. Doch nur zum Teil.

Irgendwie musste man umgehen mit mir. Und ich selbst, du musst etwas machen aus dir, sagten sie, und umgehen lernen damit.

So habe ich etwas aus mir zu machen versucht, indem ich umgehen lernte mit ihnen. Ich habe sie zu meinen Beinen gemacht. Und habe durch ihren Tod noch einmal die Beine verloren. Nie gehabt und doch noch einmal verloren.

Sie sind meine Beine gewesen, so haben sie nie ihre eigenen Wege gehabt. Und auch ich habe keine eigenen Wege gehabt. Weil ihre Beine nicht funktionierten an mir.

Jetzt bin ich noch einmal amputiert, und sie haben Recht, wenn sie sagen, das warst du, der Grund für den Tod deiner Eltern bist du und bist du schon immer gewesen. Diesmal stimmt die Erklärung, diesmal haben sie Recht. Denn mit mir lernt man nicht gehen, mit mir hat man keine eigenen Wege gehabt.

Ich habe keine Zukunft gehabt, oder nur eine Zeit. Die Freude auf einen Rollstuhl und auf die eigenen Beine, da habe ich Zukunft gehabt. Danach nicht mehr. Denn ich merkte, auch das ist es nicht.

Diese Abhängigkeit voneinander, von der Liebe zum Vater und von den Beschwichtigungsversuchen der Mutter. Eine Abhängigkeit, eine Tötung. Das ist jetzt vorbei. Sie sind jetzt befreit, in der Erde. Und ich auch.

Was wird er gedacht haben, dass ich mir denke, wenn man mich informiert. Was jetzt zu tun sei mit mir.

Und warum die Mutter, nicht ich, in dem Auto. Die hat nichts gewusst davon, konnte nicht wissen, dass es jetzt aufhören würde für sie.

Er ist nicht zu einem Patienten gefahren, das habe ich gewusst. Ein Ausflug, hat er gesagt, du bleibst hier. Mein vorweggenommener Geburtstag, sagte er mir. Ich wollte mit. Doch er sagte, wir feiern allein, deine Mutter und ich. Sie wollte es so, sagt er mir. Einmal zu zweit, nur für kurz, ohne dich. Eine Feier zu zweit.

Das erste Mal ist es ein Fest, denke ich. Und warum also nicht in dem Auto, mit ihm. Oder zu dritt. Ein gemeinsames Fest. Wenn es gelingt.

In jedem anderen kannst du den eigenen Tod vorvollziehen, hat er gemeint. Jede Freundschaft wird irgendwann eine Leiche. Das stimmt. Einen Menschen haben. Sich selbst. Fertigwerden damit. Ich bin übrig. Bis du es ihnen nachmachst und selbst eine wirst. Augen zu, aus jetzt, vorbei. Vielleicht ist es das. Vielleicht nicht. Es funktioniert. Irgendwann.

Sie sind da, ich höre sie kommen. Ich werde es ihnen erklären, ich werde sagen, das seid ihr gewesen.

Unkenntlich. Jetzt seid ihr tot. Und seid doch gestorben an mir. Unkenntlich, heißt es. Wann seid ihr je kenntlich gewesen, doch immer nur als die Lüge, vorgetäuscht, für die anderen, und für euch selbst. Die Mutter, eine liebende Mutter, und stark, die nicht fertig wurde damit. Und der Vater, wie der sich aufgab für ihn.

Sie werden mich zu beruhigen versuchen. Sie kommen und holen mich ab, um mir die Leichen der Eltern zu zeigen, und um mich zu fragen, ob sie das sind. Und werden sich fragen dabei, was jetzt zu tun sei mit mir. Denn weil ich war, wie ich war, haben immer schon alle geglaubt, ein Recht darauf haben zu können, über mich zu befinden, sich über mich Gedanken zu machen, und sind in Wahrheit doch nur über mich zu Gericht gesessen dabei.

Vor den Leichen der Eltern werden sie mich bedauern, werden mir sagen, dass ich jetzt stark sein muss. Dass ich es immer schon war. Du wirst auch das überstehen.

Bemitleiden werden sie mich und mich doch nur verachten dabei. Was jetzt zu tun sei mit mir, werden sie fragen, und nichts hören von dem, was ich ihnen sage. In Wirklichkeit werden sie mir alles beizubringen und zu erklären versuchen. Und es wieder nicht können.

Mit wem wird er leben. Von wem. Auf eigenen Beinen. Jetzt ist es so weit, jetzt muss er selbst einstehen für sich.

Jedes Mitleid ist für mich immer schon eine Verachtung gewesen, so wie ich hinaufschauen musste zu ihnen, aus meinem Rollstuhl heraus, haben sie von oben herab auf mich in den Rollstuhl heruntergeschaut. Und ihr Mitleid mit mir ist dabei doch nie etwas anderes als ihre Form von Verachtung gewesen. Mitleid hat für mich immer nur eine liebende Form von Verachtung bedeutet.

Ich habe das verstanden, denn meine Behinderung hat jede Anteilnahme nach außen zerstört und unmöglich gemacht. Wenn es nur allen um mich herum irgendwie schlecht ging, konnte ich mich einnisten im Unglück der anderen. Ich war nicht allein.

Ich werde ihnen sagen, dass er sich umgebracht hat. Und die Mutter. Wegen sich selbst. Und für sich. Und nicht wegen mir.

Nicht betrunken, werde ich sagen, und hundertachtzig. So hat ihn doch keiner gekannt. Und ich nicht in dem Auto. Mich hat er nicht umbringen wollen, heißt das.

Das ist seine Rache an mir, werden sie denken. Denn man kann ja verstehen, dass man so einen nicht aushält wie mich. Ich bin übrig.

Sie werden sich denken, der braucht eine Lüge, der Paul, um fertig zu werden damit, und redet sich ein, dass der Vater das Beste gemacht hat aus sich. Doch in Wirklichkeit ist er geflüchtet vor ihm. Wenn es stimmt.

Sie haben Recht, in Wirklichkeit ist er geflüchtet. Zu sich. Und hat sich gefunden dabei.

Er war bei den Toten daheim. Und hat sich gezähmt. Zahm wird doch alles erst dann, wenn es tot ist, hat er gesagt. Die Toten behandelt man gut, sagte er. Und die hat man dann sicher. So hat man sie lieb. Was tot ist, läuft einem nicht fort. Und du selbst, wenn du tot bist, läufst du dir nicht mehr davon, und lebst auf.

Und was tot ist, hat ja ein Leben gehabt.